Das muss noch gesagt werden!

Fritz Muliar

Das muss noch gesagt werden!

K&S

Ein Verlag der Donauland-Gruppe im Hause Bertelsmann

ISBN 3-218-00665-1

Schutzumschlag: Kurt Rendl
unter Verwendung eines Fotos von Pressefoto Votava, Wien
Lektorat: Eva Offenthaler
Satz: Zehetner Ges. m. b. H., A-2105 Oberrohrbach
Druck und Bindung: Wiener Verlag, Himberg bei Wien

Gesetzt nach den Regeln der neuen deutschen Rechtschreibung

Meinem Sohn Hans
und seinen Brüdern gewidmet

Inhalt

Ich verliere den Glauben an die Vernunft nicht,
aber es fällt schwer, das vor mir zu rechtfertigen.

F. M.

Das muss noch gesagt werden ...

Kammersänger Leo Slezak, der auch noch fünfzig Jahre nach seinem Tod unvergessene Tenor und *der* „Lohengrin“ meiner Mutter, Vorbildkomiker für manche von uns, hat im letzten Kapitel seiner „Gesammelten Werke“ versprochen, nie wieder ein Buch zu schreiben. Das erste, das er danach veröffentlichte, hieß also zu Recht: „Der Wortbruch“.

Auch ich bin dabei, einen solchen zu begehen. Aber bitte, verzeihen Sie mir, ich habe Grund und Ursach’ dafür. Denn wenige Tage vor der Jahrtausendwende bin ich achtzig, und da will man halt noch einiges gesagt haben, manches einfach loswerden, am besten: es auch schwarz auf weiß gedruckt sehen.

Nicht, dass ich noch schnell irgendjemandem Ezzes geben will, selbst wenn einige Mitmenschen diese ganz gut gebrauchen könnten. Aber ich werde – einmal noch – versuchen, ein wenig zum Nachdenken anzuregen. Keine Angst, der inzwischen historisch gewordene Theaterdirektor P. spielt auch hier keine Rolle mehr, und vor dem Bärentaler habe ich (hoffentlich) oft genug gewarnt.

Wenn man um diese Jahrtausendwende achtzig ist, hat man mancherlei hinter sich gebracht. Mir selbst hat das Schicksal in diesem zwanzigsten Jahrhundert schon früh die Augen geöffnet. Ich durfte, ja musste gezwungenermaßen vieles durchstehen. Mag sein, dass es das Grauen war, das mir den Blick geschärft hat, und das Leid, das ich er- und miterleben sollte. Aber es gab auch immer wieder die Helligkeit des Schönen …

Wer weiß das schon? Schönheit ist die Stärke der Weisheit.

Jetzt bin ich alt. Nein, net widersprechen, mit achtzig *ist* man eben alt. Ich sehe, so sagt man (und das schmeichelt mir), wie siebzig aus, fühle mich geistig wie fünfzig, arbeite, als wäre ich dreißig, und ich kann kindisch sein wie ein Volksschüler.

Und wie geht es mir körperlich? No ja, so zwischen fünfzig und neunzig; bei Tag wie mit fünfzig, nächtens wie mit neunzig …

Nein, ich nütze schlaflose Nachtstunden keineswegs, um tiefsinnigen Gedanken nachzuhängen oder revolutionäre Ideen zu wälzen. Mit Sicherheit nicht.

Die Minuten vor dem Einschlafen widme ich immer mehr den mir Vorausgegangenen; meiner Mutter, den Großeltern, vor allem aber meinem Sohn Hans. Mit ihm diskutiere ich mich in den Schlaf hinein, berate mich, und – vielleicht für manche lächerlich, aber es ist so – bitte ihn um seinen Schutz. Nicht die Mutter, nein, den Sohn: „Mach was, dass ich gesund bleibe und weiterhin arbeiten kann!“ Und: „Lass mich doch noch ein bissel Erfolg haben!“ – Ich weiß nicht, ob er mich wirklich hört. Aber ich versuche es trotzdem. Ist es Aberglaube, Phantasterei, purer Unsinn? Wir werden sehen. Dann, wenn …

Manche der uns Vorausgegangenen sind übrigens auch tagsüber meine Gesprächspartner. Soll ich einige von ihnen nennen? – Dazu zählen etwa meine

Freunde und Kollegen „Sowerl“ (so nannten wir Kurt Sowinetz) und der unvergessliche Leopold „Lindi“ Lindtberg.
Ich spreche mit Gustav Manker, der mich einst ans Wiener Volkstheater geholt hat: Der Knieriem in Nestroys „Lumpazivagabundus“ und der Steinklopferhanns in Anzengrubers „Kreuzelschreibern“ waren für mich wichtige erste Rollen und schöne Erfolge. Mit diesen dreien also spreche ich vor allem über Theater-Sachen.
Geht es um Malerei, dann ist der Berni Brenner mein Gesprächspartner, über die Seele rede ich vor allem mit Erwin Ringel, dem Durchschauer der österreichischen Seele und daher einem profunden Muliar-Kenner.
Ja, so habe ich eben für meine verschiedenen Lebensbereiche meine speziellen Berater von drüben. Sie alle lassen mich selten im Stich. Schon gar nicht Kanzler Kreisky, der „Alte“, der mir stets dann soufflicrt, wenn ich politisch diskutiere. Immer noch höre ich sein „Ich bin der Meinung“ – und drauf sag ich ihm die meine.
(Seinerzeit habe ich Bruno Kreisky gefragt, ob es denn wirklich sein müsse, dass er den unrasierten Herrn Arafat abbusselt. „Schau“, sagte er, „der wird bestimmt einmal Präsident. Da ist es doch gescheiter, ihn jetzt zu küssen, als ihm später hinten hineinzukriechen.“)
Es ist merkwürdig, zu den uns in die Zeitlosigkeit Vorausgeeilten habe ich jetzt eine engere Beziehung als damals, da sie noch „auf Erden“ lebten. Die Summe der Gespräche ergibt eine gute Mixtur von Meinungen hüben und drüben.
Zu gerne möchte ich wissen, mit wem drüben sich

das Mitglied des Europäischen Parlaments Peter Sichrovsky berät: mit dem Geist Mose, mit der Seele des Joseph Trumpeldor, oder hört er doch eher herüben auf den Neokärntner aus Oberösterreich, diesen ungewissen Jörg?
Als ich mich hinsetzte, um diese Zeilen aufs Papier zu werfen, – ist das nicht ein drastisch-schönes Deutsch?! –, war ich noch gut gelaunt. Gerade von einem Besuch im frühlinghaft herausgeputzten Prag zurück, lese ich hier in Wien in der Zeitung: „Die Tiroler werden nun von einer Koalition nach Bundesvorbild regiert: schwarz-rot. Die Kärntner von einer Gruppe FPÖVP." Das kann ja noch ein lustiges Match werden. Ich warte, wer das erste Goal kriegt, ahne es sogar, sage dazu aber jetzt noch nichts, nehme jedoch Wetten gerne entgegen.
Sie verstehen, dass meine Laune nun weniger rosig ist, denn mir geht das ewige „Wir warten halt, wer stärker ist" auf die Nerven. Schwach sind sie geworden, die ehemals zu Starken, auch schwach im Charakter. Daher wiederhole ich meinen Vorschlag von 1994: Die Legislaturperioden des Parlaments sollten endlich von vier auf sieben Jahre verlängert werden. Und: Abgeordnete sollten nicht wieder gewählt werden dürfen. Da könnten sie doch endlich effizient regieren, gewissensgemäß abstimmen und müssten nicht jeweils auf die eigene Karriere und Zukunft Rücksicht nehmen. Man muss den freien Volksvertreter frei von Angst und Sorgen machen, seien dies persönliche, berufliche oder finanzielle. Der Bundespräsident kann schon jetzt nur einmal wieder gewählt werden; und die Praxis zeigt, dass er jeweils in der zweiten Amtszeit forscher, gewagter, vielleicht sogar ideenreicher agiert.

Der Leser wird verstehen, dass ich mir um …
… (ich bitte Sie, mir nicht Frauenfeindlichkeit vorzuwerfen, aber ich finde „der/die LeserIn" zu dumm. Wie ich übrigens auch die Abschaffung des Begriffs Zigeuner für unnötig halte. In Ungarn nennen sich die Roma und Sinti selbst so. Und „Zigeunerweisen" – von Sarasate, von Brahms, von Dvořák und von Liszt – sie werden nie „Roma-Weisen" heißen. Auch „Sintibaron" von Johann Strauß klänge nur albern.)
… also, um den Text von ein paar Zeilen weiter oben fortzusetzen: der Leser wird verstehen, dass ich mir um die *Kulturpolitik* Österreichs große Sorgen mache. „Erhalten, verwalten, musealisieren", kritisiert mein Theaterkollege, der ÖVP-Abgeordnete Franz Morak, das sei die aktuelle sozialdemokratische Kulturpolitik. Aber geh, Franzerl, was red'st denn! Und welche Vorschläge kommen denn von den anderen? Dabei spreche ich gar nicht von der etwas kunstfremden Verwaltung des Karawankenlandes.
Der Grund dafür ist leicht zu finden: In unserer Welt des Rabiatkapitalismus stehen Kunst und Kultur am Ende der Prioritätenskala. „Wen interessiert denn das alles wirklich?!" Ausgenommen bleiben natürlich Alibihandlungen und Prestige-Festivals für die Gestopften. Wer kann denn schon locker fünftausend Schilling (über siebenhundert Deutsche Mark) für eine einzige Eintrittskarte zu solchen Eliten-Festivals hinlegen? Nur um dabei zu sein, wenn Scharlatane wieder einmal etwas „Neues erfinden" oder dies vorgeben. In Salzburg hat mir eine „Gästin" (ich bin lernbereit, siehe oben) aus der Bundesrepublik geflüstert: „Viertausend pro! hamma hingeblättert. Aber es war grandios!" (Sie sahen und hörten „Boris Godunow" im Festspielhaus.)

„Was haben Sie denn gesehen?" Drauf sie, fest und sicher: „Boris Ustinov". No also!
Ich wünsche mir, dass das Theater wieder populär und geliebt wird, dass es immer veränderlich bleibt und man endlich begreift, dass man es nicht immer wieder neu erfinden muss. Das Theater ist nämlich schon erfunden, meine Herrschaften. Reißt nicht seine Wurzeln aus, pflegt es getreulich, um nie wieder verbrannte Erde – wie an der Burg ... Aber diese Ära ist ja nun zu Ende.
Ich vermute, am Theater herrschen ähnliche Gesetzlichkeiten wie beim Militär: Da und dort gibt es stets neue Waffen, neue Techniken, neue Tricks. Aber letztlich entscheidet die Qualität des Frontsoldaten, des Schauspielers.
Zurück also auf eure Plätze, meine Damen und Herren Regisseure und Bühnenbildner. *Wir* können ja eventuell ohne euch, ihr aber nicht ohne uns. Kapiert das endlich!!
Ach, was reg ich mich denn auf, mit achtzig!
Politik, Friede, Neutralität, Theater, alles nicht so wichtig – oder doch?
Ich werde darüber noch ein wenig nachdenken und dann – im nächsten Buch ... Das ist aber nur ein Scherz, verzeihen Sie!

Das muss noch gesagt werden …

… über mich selbst. Für meine Freunde

Ich habe mancherlei an mir selbst und durch andere erfahren, habe viel gelernt, habe Freude ebenso wie Trauer, Glück und Verletzungen, Krankheiten und Ängste überstanden. Es war eine weite Wegstrecke, die ich in den zu schnell vergangenen achtzig Jahren zurückgelegt habe. In Kürze: Kindheit in Wien und Ferien in Sommerfrischen, Abbruch des erlittenen Realgymnasiums und Frühstart mitten hinein ins Theater. Bis mich Herr Hitler und sein Weltuntergangstheater holten und ich gezwungenermaßen „zu den Fahnen geeilt" wurde. Eilig jedoch hatte *ich* es „Gott mit uns" nicht.

Weil ich mit dem Führer und Reichsansichtskartenmaler nicht einer Meinung war, ereilte mich in Frankreich die von der deutschen Wehrmacht über mich ausgesprochene Haftstrafe von fünf Jahren, die dann, nach 390 Tagen Zellenhaft, in Frontbewährung in einer Strafkompanie umgewandelt wurde. So viele Sünden kann ich gar nicht begangen haben, wie ich dort abgebüßt habe.

Und nach meiner Heimkehr nach Krieg und Gefangenschaft – bis heute, mehr als ein halbes Jahrhundert – Totaleinsatz bei Theater, Film und Fernsehen,

ein langer, oft beschwerlicher Weg mit manchen Niederlagen und vielen Siegen.
Frühe Kindheits- und Jugend-Erinnerungen spielen in Tirol, einem Land, dem seither und mein Leben lang meine Zuneigung gehört.

Innsbruck, ich will dich nicht lassen ...

Ich war ein glückliches Kind, damals, als ich den Sommer bei meiner Großmutter väterlicherseits in Tirol verbringen durfte: Unsere Wohnung lag in der Innsbrucker Andreas-Hofer-Straße, im so genannten „Hellensteiner'schen Haus" – mit interessantem Blick auf die „Schmerlinger Alm", wie das Gefängnis im Volksmund hieß. Und dann war da Wanda. Ich lernte das Mädl mit sechs Jahren kennen und mit achtzehn lieben ... Wanda!
Tramway von Innsbruck nach Hall, vis-à-vis die Endstation, die Konditorei (wie hat sie doch geheißen?), in der es die besten Mandelbögen der damals von mir erforschten Erde gab. Und Wanda.
Der Münzturm ... Absam. Wanda.
Und jetzt, sechzig, fast siebzig Jahre danach? Ich bin wieder einmal in Innsbruck, halte einen Vortragsabend für die christlich-jüdische Vereinigung und freue mich, als ich Bischof Reinhold Stecher in der ersten Reihe erblicke: Der zarte Mann ist ein großer Mensch, und mutig wie jener David, der den schlaksigen Goliath in arge Bedrängnis gebracht hat.
Hall in Tirol: Freund Otto Grünmandl haust dort, ohne mit seiner schrulligen Art Aufsehen zu erregen.

Und Absam! Da ist EU-Kommissar Franz Fischler zu Hause, wenn er nicht eben in Brüssel sein muss. Im selben Absam, in dem 1910 der heute weltbekannte, besser: der welt-wesentliche Max Weiler den ersten Atemzug getan hat.
Max Weiler verstehe ich unter allen Malern, mit denen ich mich je beschäftigt habe, am besten, seine Bilder nehmen mich gefangen, machen mich von Herzen froh: Diese Farb-Licht-Strahlen-Symphonien liebe ich, da jubiliert meine Seele. Ich spüre in seinen Arbeiten die Sonne hinter den Bergen verschwinden und im Osten wieder aufgehen. Die Zinnen leuchten, der Bettelwurf glänzt, die Martinswand verglimmt.
Fischler, Weiler, Grünmandl: Da muss doch wo ein Nest sein – irgendwo zwischen dem Gnadenwald, wo sie jetzt mit ihren Paragleitern ins Abenteuer hüpfen, und der Jägerkaserne, die in meiner Erinnerung immer noch eine große Rolle spielt. Wie Wanda!
Achtjährig habe ich dort den Blutsommer 1927 verbracht. Mutter hatte im Hauptpostamt Innsbruck viereinhalb Stunden auf ein amtsvermitteltes Telefongespräch nach Wien warten müssen. Die schreckliche Nachricht: „Über die Rahlstiege im sechsten Bezirk fließt Blut“, hat Papa damals in den Hörer gebrüllt …
Sieben Jahre danach, am 25. Juli 1934, erfuhr ich ebenfalls an diesem Ort von der Ermordung des Bundeskanzlers Engelbert Dollfuß. Nazi-Kriminelle haben ihn in seinen Amtsräumen am Ballhausplatz verbluten lassen, haben dem gläubigen Katholiken das Sterbesakrament verweigert …
Tagelang haben mir die „Schlutzkrapfen“ der Groß-

mutter nicht geschmeckt. Die Fahnen wehten auf Halbmast, Benito Mussolini zog am Brenner seine Truppen zusammen. Ein paar Jahre später war er seinen österreichischen Bundesgenossen weniger treu und bekam dafür vom Führer und Reichskanzler in Berlin das „deutsche" Südtirol geschenkt.
Absam, Hall, Innsbruck: in dieser Gegend schwebe ich wie ein Chagall-Figürchen, wenn ich Max Weilers Bilder sehe. Ein schönes Gefühl, so zwischen Anfang und Ende zu sein.

* * *

Schulferien auf dem Lande, mit Sonnenschein und Gewittern, unendlich lange haben diese zwei Sommermonate gedauert, waren voll von Erlebnissen und Abenteuern: Nein, das Wort Urlaub gab es in unserem Sprachschatz noch nicht, schon gar nicht im heutigen Sinne von Urlaub, diesem Surrogat einer plastikabenteuergeilen Smalltalk-Gesellschaft. Damals holten wir bleichen Stadtkinder unsere Überlebensfrische für den Schulherbst aus dem Sommer auf dem Lande. – Man fuhr aufs Land!

Sommerfrische

Ich erinnere mich deutlich an alle meine Kinderferien: Mutter war immer dabei, einmal auch der Herr Sonnenstein mit seinen beiden Buben. Walter und Erich hießen die Rangen, von denen einer, der Erich, Gott sei Dank heute noch lebt. Der andere, mein Walter, harrt in der neuen Heimat seiner Auferstehung.
Einige Jahre lang fuhren wir – jeweils für vierzehn

Tage – nach Grado (dafür war zuvor viele Monate kräftig gespart und gestritten worden). Später (1931–1936) übersiedelten wir in das weitaus billigere Crkvenica an der dalmatinischen Küste. Abbazia, das heutige Opatija, war für unsereinen unerschwinglich, aber auch Kroatien verschlang so viel Geld, dass wir den Rest des Sommers – für damals immer noch satte hundert Schilling – beim Dedovic im niederösterreichischen Sulz-Stangau verbrachten.
Ein Zimmer, ein Kammerl, das war's. Die Küche nutzten wir – Großmutter, Mama und ich – gemeinsam mit den Vermietern. Papa und Großvater fuhren jeweils samstags mit dem Zug nach Kaltenleutgeben, von dort wanderten sie zu Fuß ein weites Wegstück über die Sulzer Höhe zu uns. Wo die beiden geschlafen haben, weiß ich bis heute nicht ...
Manche dieser frühen Sommermonate verbrachten wir im niederösterreichischen Zelking, zwischendurch logierten wir zwei-, dreimal bei einem Bauern in Neuhaus an der Triesting. In jener Zeit galten das „Stefanie" und das „d'Orange" noch als Luxushotels, und wir hätten es nicht gewagt, uns dort auch nur ein Gefrorenes zu kaufen. Heute sind diese Häuser Flüchtlingsquartiere und machen dem tüchtigen Besitzer Freude.
Wie gerne hätte ich in dieser Gegend in jener Zeit gelebt, als Arthur Schnitzler sein „Weites Land" geschrieben hat, das denke ich manchmal, wenn ich selber im weiten Land bin ... Reichenau, Semmering, *Sommerfrische.*
Aber dann fällt mir ein, dass unsereins seinerzeit vielleicht nur ein Ballschani auf dem Tennisplatz hätte sein können, mehr nicht ...

* * *

Der damals noch jugendliche, aber schon berühmte Schriftsteller Friedrich Torberg hatte das Wiener Wasa-Gymnasium und den Lebensroman seines „Schüler Gerber“ (1930) bereits erfolgreich hinter sich gebracht. Ich saß vom Beginn der Dreißigerjahre auf einer Realschulbank, und – ich gestehe es offen: die Schrecken des Schulschlusses waren auch mir trotz aller Begleitumstände angenehmer als die Schrecken des wiederkehrenden Schuljahres.

Schule im Schatten Hitlers

„Hurra, die Schule ist aus!“ – haben die Buben und Mädel meiner Kindheit geschrien, als sie jubelnd aus dem hässlichen, gräulichen Gebäude stürmten; und sie haben alle miteinander aufgeatmet wie nach einem bösen Gewitter. Der Druck war endlich weg, das Zeugnis (hoffentlich!) nicht so schlecht wie befürchtet. Auch wenn man im frühen Herbst eine Nach- oder Wiederholungsprüfung, einen so genannten „Nachzipf“, absolvieren musste, hatte man wenigstens ein paar unbeschwerte Ferienwochen vor sich.
Auch die Durchgefallenen dachten nur selten an Selbstmord, selbst als ihn Torberg mit seinem „Schüler Gerber“ thematisiert hatte. Gab es also damals keine zu betreuenden „Zöglinge“, keine Verzweifelten? Das würde mich wundern! Denn als ich zehnjährig in die Realschule eintrat, es war die „R VII“ in der Wiener Neustiftgasse, da hieß es: „Von den 42 in dieser ersten A erschienenen Schülern werden höchstens 25 Matura machen. Wir werden

genau aussieben, denn Österreich braucht nicht so viele Akademiker …“ Also sprach Professor Schwenke (Deutsch und Geschichte), einer der wenigen humanistisch gesinnten Lehrer. Wirklich für „reif erklärt“ wurden letztlich 21; neun davon sind im Zweiten Weltkrieg gefallen, sechs vertrieben und vier „liquidiert“ worden.

Es war eine bedrückende Schulzeit, in diesen Dreißigerjahren: Direktor war Rudolf Zdenek, genannt „der rote Rudi“. Dr. Ungar unterrichtete Mathematik, war Jude und musste emigrieren. Der stramme Professor Vorreiter ertüchtigte uns mittels Steno und Leibesübungen, Professor Holzer, streng christlich-liberal, gab Naturgeschichte; und der großartige Chemie-Mensch hieß Professor Berny. Ab der dritten Klasse (1933) hatte mit „Heil Österreich“ gegrüßt zu werden. Die Lehrer trugen den so genannten „G’wissenswurm“, das rot-weiß-rote Band der Vaterländischen Front; in der Brieftasche aber steckte bei den meisten schon damals das Parteibuch der (ab 1934) verbotenen NSDAP. Nur beim katholischen Katecheten Pischinger und bei seinem jüdischen Amtskollegen Haber konnte man hundertprozentig sicher sein, dass sie nicht in Braun tätig waren.

Wissen übrigens *heute* alle Gymnasiasten, was ihre einzelnen Lehrer wirklich denken? Ich hoffe nicht, denn das bedrückt, macht nervös und unsicher. Wir allerdings wussten es von allen. Franz Spunda etwa war ein deutschnationaler Antisemit; wie andererseits Professor Berny tief rot war … Alles war da vertreten, jede denkbare Idee. Nur die ständestaatlich-patriotische schwarze war kaum auszumachen.

Politik war unser zentrales Thema – *vor* Fußball, *vor* Theater, *vor* „Pfitschigogerln“, dem Thema Nummer

zwei, nämlich mit zwei 10- und einem 5-Groschenstück sowie zwei Kämmen auf dem Katheder ein spannendes Fußballmatch zu imitieren.
Es wurde viel politisiert: Man redete über Engelbert Dollfuß, über den roten Vordenker Otto Bauer, über den Minister Julius Deutsch. Und über Adolf Hitler, immer wieder Hitler. Hitler, das war die Zukunftshoffnung der einen, von den anderen wurde er verabscheut, gefürchtet …, Sinus, Cosinus, Hitler – Rückert, Kleist, Mörike, Hitler … Kein Heinrich Heine, kein Erich Maria Remarque, kein Thomas Mann. Immer nur Hitler. Und über allem die strenge, unnahbare, oft bärtig-zugeknöpfte Lehrerschaft, die auf die Schüler herabblickte wie auf dienende Leibeigene.
Über die Politik weit hinausgewachsen war der von uns allen verehrte, ja geliebte weltoffene Musikprofessor Leo Lehner, später mit „Jung Wien" einer der berühmten Chorleiter des Landes. Er blieb einer meiner Lebensmenschen. Als Zwölfjähriger durfte ich mit ihm und meiner Klasse zur Baumblüte in die Wachau fahren und bei Richard Löwenherz in Dürnstein ein Kracherl trinken. Und … singen!
Aber sonst? Schwarzer Arbeitsmantel, steifer Kragen, vollbärtige Eitelkeit, und wir zitterten und stuckten mit Schweiß auf der Stirn, ohne Berater, ohne Psychiater, allein gelassen. Selten ein gutes Wort, ein verstehendes Lächeln – und trotzdem mussten wir strebern, strebern und strebern, denn das Schulgeld war hoch, siebzig Schilling im Semester, und das Ziel lag in so weiter Ferne.

* * *

Eine wesentliche und frühe theatralische Prägung ergab sich für mich mit siebzehn – ohne dass ich die

Dimension des Augenblicks wirklich realisieren konnte – in gleichsam künstlerisch pubertären Jahren. 1937. Und das hatte mit dem Lieben Augustin zu tun. Kurz nur, denn bald war ja alles hin …

Der Hammerschlag

„Hör ihm zu! Von dem kannst was lernen", sagte mein geliebter Freund Kurt Nachmann, wenn Hausdichter Peter Hammerschlag uns zugewandt gestenreich zu dozieren begann. Siebzehn Jahre war ich damals jung, hatte soeben unter heftigem Donnergrollen das Gymnasium (RG VIII) verlassen und mein erstes „Engagement" angetreten: in Stella Kadmons später legendär gewordenem politischen Kabarett „Der liebe Augustin". Das Theater lag im Keller des Café Prückel in der Wiener Biberstraße 2, dort, wo Stella nach dem Zweiten Weltkrieg so erfolgreich ihr mutiges Theater, die „Courage", gründete.
Wenn ich an jene Zeit zurückdenke, wird mir bewusst: was das doch damals für ein großartiges Team um die Kadmon war! Da war Franz Eugen Klein, der geniale Hauskomponist und Pianist. Auf unseren weltbedeutenden Brettern agierten unverwechselbare Schauspieler, meist schon Emigranten aus Hitler-Deutschland, wie etwa der dichtende Gerhart Herrmann Mostar, Fritz Schrecker und Kitty Mattern. Doch die Zeiten waren schlecht: Im Zuschauerraum saßen oft nicht mehr als sieben, acht Leute; und manchmal waren gar keine da. Das waren traurige Tage, an denen wir zu neunt vor zwei kleinen Mokkas saßen und an der Zukunft zweifelten, ja verzweifelten.

Die zentrale Figur unseres kleinen Ensembles blieb über alle anderen hinaus Peter Hammerschlag, der dichtende, der umfassend gebildete, der vor allem stets nervöse Satiriker. Wenn er sprach, hörte ihm sogar der torbergfixierte Friedrich Torberg zu, und das wollte was heißen.

Ich habe Peter Hammerschlag, knapp ehe er sich – vor den Nazis flüchtend – 1938 nach Jugoslawien absetzte, in Wien getroffen. „Man kann sicherlich auch dort unten leben", meinte er. Er konnte nicht, kam 1939 zurück und tauchte beim Komponisten Alexander Steinbrecher unter. Doch die Mordmaschine Richtung Endlösung lief bereits auf Hochtouren. Der überzeugte Humanist Peter Hammerschlag hat nicht glauben wollen, dass „seine" Wiener mit den braunen Mordgesellen paktieren würden. Sie haben.

„Warum bist du zurückgekommen?", hab ich ihn gefragt.

„Weil dort unten kriegt man keine weichen Eier im Glas und kein Butterbrot mit Schnittlauch."

Sein Fluchttrieb in die angestammte Heimat hat ihn geradewegs in die Hölle geführt. Er wurde 1942 gefasst, in das KZ Auschwitz deportiert und kam dort wenige Wochen später – vierzigjährig – elendiglich um.

Viel blieb nicht vom geistvollsten Satiriker und Humoristen jener Zeit als ein paar genialische Gedichte, gescheite Gedanken, persönliche Erinnerungen. Sein Witz hat einem das Lachen in die Augen und die Tränen in den Hals getrieben.

Dennoch lebt dieser jüdische Cowboy aus Wien mitsamt seinem Dackel Waldemar weiter. Friedrich Torberg hat mit seiner Hammerschlag-Ausgabe „Der

Mond schlug grad halb acht" edierend das Seine getan, Elfriede Ott und Gerhard Bronner tun rezitierend weiterhin das Ihrige ... Danke!

* * *

Apropos Ott – Elfi Ott ist die einzige Frau in meinem Leben, mit der ich rund fünfzig intensive und wahrhaft „friktionsfreie" gemeinsame Jahre verbracht habe. Sie war und ist meine Lebenspartnerin auf der Bühne. Unser Glück: über unsere beruflichen Bindungen hinaus mögen wir einander auch freundschaftlich – sogar sehr.

Damals, noch lange nicht „großjährig", spielte ich nach dem jähen (aus politischen Gründen erfolgten) Ende des „Lieben Augustin" ein paar Monate am Tiroler Landestheater (auch eine der vielen Wiederbegegnungen mit Innsbruck), tingelte im Wiener Simpl, mimte Operette im Stadttheater Brüx, bis mich 1940 die Einberufung zum Kriegsdienst erreichte.

Als deutsche Soldaten Fels am Wagram beleidigten

Wenn mich heute mein Weg an St. Pölten vorbeiführt und ich ein bissel Zeit habe, kann ich es mir nicht verkneifen, die Autobahn zu verlassen und Richtung Wachau abzubiegen. Ich mag die Landschaft dort sehr gerne, ich umrunde den Göttweiger Berg, schau auf einen Sprung beim „Schick" in Klein-Wien hinein, überquere bei Mautern die Do

nau und fahre über Krems, Stein und Hadersdorf nach dem Weinort Fels am Wagram, mit dem mich „militärische Erinnerungen“ verbinden.
Ich musste im Jahre 1940 meine so genannte Rekrutenzeit bei der germanischen Luftwaffe in Fels „herunterbiegen“. Aus Deutschland war ein Regiment (das „72er-Flieger-Ausbildungs-Regiment“) dorthin verlegt worden. Von Detmold nach Niederösterreich, das damals Niederdonau hieß. Welten dazwischen.
Die neuen Herren bespöttelten uns „Ostmärker“ und diesen „Gau“ Tag und Nacht, weil in der armen Gegend „alles so primitiv, so schmuddelig“ war. Ja, das war schon richtig: Denn wo heute Betonfahrbahnen die Felder durchschneiden, lagen Schotterstraßen und Sandwege, auf denen zu fahren riskant war. Und gestaubt hat's, dass man beinahe die Orientierung verloren hat. Aber der Wein war köstlich und billig, und so soffen sich die Ausbildner, nachdem sie uns fast zu Krüppeln geschliffen hatten, Abend für Abend voll wie Badeschwämme. Noch mutiger als sonst kam dann ein Stahlhelmbewehrter in die „Stube“, auf der wir zu sechzig (!) schliefen, jagte uns im Nachthemd in den Schnee und hatte seinen Spaß an unserer Wut.

„Wo die Spieße schreien: An den Zaun,
marsch, marsch,
dort ist Fels am Wagram, dort ist Deutschlands
Arsch.“

So sangen die Regimentstrottel, um uns zu ärgern.
Ich habe den damals in mir gewachsenen Groll nie ganz vergessen, und jedes Mal, wenn ich in dieser Gegend bin, verweile ich, wo einst der Fliegerhorst war, um diesen alten Zorn zu nähren. Heute aber ist,

Gott sei Dank, von den Exerzierplätzen, Baracken und Kraftfahrzeughallen nichts mehr erhalten geblieben: nicht eine Spur. Ein gütiges Schicksal hat Gras und Getreide über die Stätte der Erniedrigung wachsen lassen; aber über meine persönliche Wut, meinen individuellen Hass leider nicht.
Heute ist die Gegend blitzsauber und eher wohlhabend. Gerne also trinke ich dort ein Achterl auf die Tatsache, dass wir in unserem Land seit Jahrzehnten wieder selber die Herren sind, – und bin stolz darauf.

* * *

Als Soldat wurde ich zuerst in den Westen geschickt, nach Frankreich, nach Paris, und wurde dort – ich habe diese Geschichte in einem meiner Bücher ausführlich erzählt – wegen „Zersetzung der Wehrkraft nach § 5“ vor ein Kriegsgericht gestellt. Gefordert wurde die Verhängung der Todesstrafe. Für mich waren das keine stillen Tage in Clichy.

Mein Clichy, anno ’41

Zweiundzwanzig Jahre war ich alt, als ein Militärankläger der deutschen Luftwaffe im Rothschildhaus in Clichy bei Paris forderte, über mich die Todesstrafe zu verhängen. Dann haben sie mich in einem Zimmer des zwölften Stockwerks warten lassen, bei offener Balkontür, in der Hoffnung, dass ich …
Aber ich bin nicht gesprungen, denn auch ich habe gehofft.
Sie haben in dieser Pause zu Mittag gegessen, mir hat es den Magen umgedreht und die Kehle zuge-

schnürt. Das war eine der längsten Stunden meines Lebens. Endlich das Urteil: fünf Jahre Gefängnis. Also fünf Jahre! Ich war glücklich – sie lassen mich leben, ich darf weiter atmen! Was sind schon fünf Jahre? Ein Atemzug gegen die Ewigkeit des Todes. Aber das Hochgefühl dauerte nicht lange. Einmal von der Todesangst befreit, begann ich gründlicher nachzudenken: fünf Jahre, das reicht vom zweiundzwanzigsten bis ins siebenundzwanzigste Lebensjahr! Dann noch einmal von vorne anfangen? Aber noch war Krieg, die Front brauchte Menschenmaterial. Also ab mit dem Flieger Muliar in die FSA (Feldstrafgefangenenabteilung) 18, eine in Russland kämpfende Bewährungseinheit. Schlimm. Aber besser als fünf Jahre, als 1825 einsame Nächte hinter Gittern.

* * *

Ab ging es also, erst an die Ostfront nach Russland, danach war die Südfront dran, Italien – Sturmregiment KAIRIS, und endlich landete ich bei der 4. Fallschirmjäger-Division – ein wilder, großartiger Haufen.

Italien ’44

1944 war es, an der Südfront, nahe des Futa-Passes. Links von uns lag die SS-Division Wiking, rechts kämpften die Deutschmeister. Viele waren wir ja nicht mehr, aber milde Gemüter in irgendeinem Stab schickten uns Nacht für Nacht Letten – „zum Verbraten“, wie es forsch hieß. Mir fielen diese Männer, diese Knaben besser gesagt, deshalb besonders auf, weil sie am linken Ärmel ein rot-weiß-rotes Abzeichen trugen: ihre Landesfarben. Die dürfen das tragen, dieses Rot-Weiß-Rot, dachte ich; und wir Österreicher mussten mit dem Nazi-Geier auf der Uniform herumrennen! Richtig neidisch war ich auf die Letten. Aber nur der Farben wegen, ihr Schicksal hätte ich nicht teilen wollen. Sie kamen an, wurden als unser Kugelfang vorgeschickt, und nur wenige von ihnen kamen zurück. Uns sollte es recht sein, denn wir waren ausgelaugt und müde; und der Gegner war satt – und gut munitioniert. Also „ran an die Schlachtstätten“ mit diesen Letten. Die Wikinger taten in ihrem Wintereinsatz desgleichen. Man wollte halt überleben. Basta.

Zeitsprung ins Heute: Da zeigen die wenigen überlebenden Veteranen im lettischen Vilnius ihre Militärbildchen und ihre Kriegsorden; vom ehemaligen Kommissbrot-Geber in Ravensburg erhalten sie 120 DM Trinkgeld monatlich. Und sind stolz auf ihre Geschichte.

Freiwillige waren sie, die sie da gegen Feind Nummer eins, den Kommunismus, gekämpft hatten. Bei uns an der Italienfront stritten sie gegen Feind Nummer zwei, gegen die Imperialisten. Feind Nummer drei hatten sie schon zu Hause erledigt, hatten aus Lettland 8000 Juden „eliminiert“. Und heute rennen in diesem kleinen Land buntbemützte Greise herum, bilden Soldaten aus, trainieren Dickbäuchige und haben sichtlich Sehnsucht nach den Wäldern.

So unlösbar die Zustände in Lettland auch erscheinen (eineinhalb Millionen Letten, eineinhalb Millionen Russen, wie soll das gehen?), diese Nationallemuren, Junkergestalten und Altnazis dürfen nicht zum Zünglein an der Waage werden. Auch dort müsste die UNO Schutzzonen einrichten – für die vielleicht sogar mit Recht verhassten Russen. Mehr als sich auch dort noch blamieren kann sich die Völkerfamilie sowieso nicht mehr.

* * *

Weihnachten '44 verbrachten wir in Polen. Zolynia heißt das Nest. Tannenbäume zum Aufputzen gab es in den riesigen Wäldern genug, aber nur wenige Kerzen und keinen Christbaumschmuck. Von Geschenken konnte sowieso keine Rede sein. Mit Strohstiefeln an den Beinen und Ohrenschützern unter dem Helm stapften wir als Wache durch knirschenden Schnee rund um das Dorf. Mein Wachpartner, ein Steirer aus Köflach, fror so jämmerlich wie ich. Und plötzlich begann es zu knallen, Leuchtspurmunition wurde von illuminierten Unteroffizieren in die Luft geballert. Eine rote, eine weiße, wieder eine rote …

Meinte mein Steirer: „Da verschießen sie unsere Munition und meines Vaters Geld. Aber schau, eine rote, eine weiße, eine rote! Vielleicht bedeutet das was …“

„Ich hoffe es“, war meine Antwort. Und: „Ich wünsch es …“

„Ich auch“, flüsterte er und drückte meine Hand.

Es waren doch noch frohe Weihnachten geworden, in diesem kalten Jahr 1944.

* * *

Das tausendjährige Inferno war endlich vorüber, und die sechs langen Monate in englischer Kriegsgefangenschaft (sehr fair), abgedient in Italien, ebenfalls.

Von dort weg wurde ich nach Klagenfurt entlassen, in die britisch besetzte Zone Österreichs.
Nach sechs Wochen erkannte der Theaterdirektor Franz Paul, der gerade dabei war, ein politisches Zeittheater in Graz zu gründen, meine Stimme im Radio (ich war Sprecher beim Sender Alpenland) und rief mich nach Graz.

Grazer Wiederbegegnungen

Unmittelbar nach dem Krieg habe ich drei schöne Jahre in der steirischen Landeshauptstadt verbracht, habe Theater gespielt und inszeniert. Im Zeittheater „Der Igel" und am Steirischen Landestheater. In die „Mur-Metropole" kam ich später gerne und immer wieder zurück. Kürzlich las ich im Garten der Burg: Es war trotz Hitze und Feuchtigkeit ein großes Vergnügen und Erlebnis für mich. Dem Publikum hat es gefallen. Und mir das Publikum.
Danach sind sie dann alle aufgetaucht, die alten Bekannten, die sich noch an damals erinnerten und über diese Erinnerungen plaudern wollten. Einer erzählte, sein Regiment habe meine Einheit „herausgehauen" – irgendwo in Russland. „Verzeih, ich erinnere mich nicht", nein, ich mag mich auch nicht erinnern; so schön war das damals nicht.
Dann bat eine Dame um ein Autogramm und erzählte mir vom – damals – revolutionären Zeittheater in der Annenstraße, das wir gemacht haben: „Waren Sie im Fünfundvierziger-Jahr in der Münzgrabenstraße einquartiert, beim Schriftenhauer Kurt Nerath und seiner Frau?" – Ja, meine erste warme Mahlzeit nach der Götterdämmerung habe ich dort

aufgetragen bekommen: Pferdefleischknochensuppe und Sterz. Wenig später bin ich in ein Hinterzimmer des Hotel Schimmel übersiedelt. Richtig: Sitzwohl hat der Radfahrerkaiser geheißen, dessen Mutter in der Münzgrabenstraße ein Gemüsegeschäft betrieb. Und dann gab es da noch den Frankowitsch in der Stempfergasse, den Delikatessenhändler ohne Delikatessen ... Aber mit viel Herz für „Kinstla".

Alle haben wir dort neu angefangen nach diesem wüsten Krieg, alle haben wir versucht, eine neue Existenz aufzubauen, neue Freundschaften zu schließen. Oft ist auch beides gelungen. Ein Erlebnis: meine fünf Tage Urlaub in Gleichenberg – Bettwäsche, Besteck und Decken mussten mitgebracht werden. Dennoch – ein lange entbehrter Genuss.

Nun haben sie sich hier in der Burg eingefunden, die letzten Mohikaner dieser alten Zeit. Ich hab mich gefreut, sie alle wieder zu sehen, besonders aber die Kollegen vom Theater: die so kluge Schreiberin Gerda Klimek zum Beispiel, und den geliebten Komödianten Seppl Trummer, der nur ein Jahr jünger ist als ich, aber immer noch so aussieht wie damals. Weiß sind wir geworden, Sepperl, das schon, aber weise? Keine Ahnung, ist im Grunde eh Wurscht, wenn man auf ein langes, buntes Leben zurückschaut. Wichtig ist nur, dass man seine Zeit halbwegs und mit Anstand hinter sich gebracht hat, sich dafür nicht schämen muss. „Und das müssen speziell wir, gell Seppl, sicherlich nicht." Ich sehe ihn lange und genau an: die Augen pfiffig und flink, offen und ehrlich.

Ich kenne eine Reihe weiterer Leute in der Stadt an der Mur und ich freue mich ihrer Zuneigung. Ist schon ein von Gott gesegneter Flecken Erde, dieses

Graz, das so freundlich war zu mir, zum Wiener, der aus Krieg und Gefangenschaft heimkam und dort drei Jahre lang Station machen durfte. Noch heute bin ich dankbar und weiß, dass die steirische Abneigung gegen Wien mehr Ironie als Tradition ist. Wir haben damals zusammengehalten, und wir tun's weiterhin …

* * *

In Graz setzte also mein Weg als Theatermensch neu ein, er führte mich bald ans Wiener Raimundtheater, in der Folge zu Karl Farkas in den „Simpl", ans Wiener Volkstheater und von dort über die Josefstadt ans Burgtheater. Doch das brauche ich Ihnen ja nicht zu erzählen, das war doch alles sehr öffentlich und geschah stets unter besonders freundlicher Mitwirkung des Publikums.
Gottlob nicht öffentlich sind meine privaten Zores: Und die hat man eben, wenn man in die Jahre kommt. Im Alter suchen einen die Wehwehchen häufiger auf, als sie das bei jungen Buben mit fünfzig tun. Man kann sie nicht verdrängen, man kann sich gegen sie ein bisschen wehren, mitunter auch mittels der Medizin. Aber selbst diese weniger fröhlichen Zeiten hinterlassen nicht nur Angst und traurige Gedanken.

Donau, so grau …

Manche Leute waren männliche Kriegsbräute. Das liegt mir nicht. Dafür war ich hin und wieder öffentlicher Krankenhauspatient. Aber wenn es im Leben schon einmal (einmal?) unangenehm wird, so soll

man wenigstens auf die Atmosphäre rund um das Problem achten. Das Sozialmedizinische Zentrum Ost in Wien ist solch ein Ort: Wenn schon Krankenhaus, dann ein menschliches Krankenhaus. Heureka! Ich hab es gefunden: SMZ. Donauspital.
Wieder einmal musste ich ein paar Tage dort liegen, nach einer Hüftauswechslung vor ein paar Jahren sollten nun meine Blasensteine delogiert werden. Das ist zwar sehr intim, aber ich erzähl es trotzdem, denn das kann ja jedem passieren, und dann weiß man wenigstens … Das Donauspital, wie das SMZ Ost harmloser genannt wird, schätze ich sehr. Man ist gut aufgehoben und fühlt sich wohl, zumal dort ein für ein Krankenhaus seltsam warmes, humanes Klima herrscht. Man ist familiär, man praktiziert nicht vorgedruckte, sondern tatsächliche Menschlichkeit. Die Einzigen, die da nicht mitspielen, sind manche Mitpatienten.
Da ist es schon vorgekommen, dass ein schelmisch grinsender Dickbauch sich an mich wandte und meinte: „Ja, Herr Professor, Sie sehen, da nutzt die ganze Prominenz nix – g'schnitten wird mit dem gleichen Messer."
Eine fremde Frau tauchte einmal plötzlich vor meinem Bett auf und legte mir einen kleinen Wurschtl auf die Decke. Ich tat, als schliefe ich. Da rüttelte sie mich unsanft und schrie entzückt: „Das ist er wirklich! So ein Glück, das werden mir die Nachbarn nicht glauben, dass ich Ihnen im Bett gesehen hab. Können S' mir ein Autogramm geben, dass die anderen mir glauben?" Sie eilte zur Zimmertür, riss sie auf und schrie auf den gut bevölkerten Gang hinaus: „Kommts alle her, da drin liegt der Muliar, schauts eam euch an."

Heiterkeit war in den Deix-Gesichtern zu erkennen. „Ist der Rexi auch da oder liegt er im Tierspital?“, fragte ein Neugieriger.
Und eine andere Mitleidende meinte: „Also, ich seh Ihnen so gern, wenn S' Theater spielen. Mit dem Volkstheater, in Jedlersdorf.“
„Fein“, antwortete ich, „das freut mich sehr.“ Ich wies nicht darauf hin, dass ich dort zum letzten Mal vor etwa vierunddreißig Jahren gespielt habe. Es müssen also die Vorstellung – und natürlich ich – einen unerhörten Eindruck auf Madame gemacht haben. Das freut mein Herz und befördert sicherlich meine Genesung.
Ich hatte mich daran gewöhnt, dass mein Blutdruck in einer Stunde dreimal gemessen wurde und jedes Mal – so variabel bin ich – schwankte wie ein Betrunkener in „Ludls Weinstadl“ bei mir in Groß-enzersdorf, nahe Wien.
Schichtwechsel der Schwestern, der Arzt für Unterleibs-Zores, der Professor für innere Angelegenheiten, der Uli und der Wolfgang, jeder will es genau wissen. Ich selber weiß auch schon, was „150 zu 88“ auf Philippinisch, Indisch, Kroatisch und Polnisch heißt. Deutsch kann ich es ja sowieso.
Und Witze kursieren stets im SMZ Ost, etwa:
„Wie verabschiedet sich der Urologe vom Patienten?“ – „Ich verpiss mich jetzt.“
„Wie verabschiedet sich ein Gynäkologe von seiner Untersuchten?“ – „Ich schau bald wieder herein …“
Na ja …

* * *

Jeder Mensch hat seine ganz persönlichen Flausen. „Macken“ sagen dazu unsere Freunde aus dem Norden. Ich selber zeihe mich eines Konglomerats dieser Persönlichkeitsmerkmale, ja ich pflege sie sogar sehr. Zum Beispiel bin ich ein echter Hutfetischist …

Trau keinem ohne Mütze

Die Mitglieder meiner Familie haben ebenso wie ich einen Hang zu eigenwilligen (böse gesagt: eigenartigen) Kopfbedeckungen. Hans, mein ältester Sohn, hatte im Winter stets eine der drolligsten Pelzschirmmützen über seine verlängerte hohe Stirn gestülpt. Mein mittlerer Bub ist mit einer so eigenwilligen Kappe behütet, wie sie amerikanische Präsidenten – beim vom PR-Berater arrangierten Schilanglauf – tragen. Nur mein Jüngster ist noch unentschlossen, ist – was seine Behütung betrifft – bisher ein Suchender auf Wanderschaft geblieben …

Ich selber aber demonstriere gern, wie man selbst das dümmste Käppchen oder Hütchen schick und elegant tragen kann. Ein wenig schräg aufgesetzt, ist sogar die Clinton-Mütze akzeptabel.

Patriot, der ich bin, trage ich am liebsten und am häufigsten meine Salzburger-, Steirer- oder Ausseerhüte. Acht Stück davon besitze ich, und jeder ist mir lieb und wert und wird zu jeder Tages- und Nachtzeit, sommers wie winters, getragen. Ich erinnere mich, dass wir einst als Soldaten, wenn wir nicht in Uniform herumlaufen mussten, die ganze Nazizeit hindurch Steirerhüte getragen haben – als Bekenntnis zur verloren gegangenen Heimat. Und nach dem Krieg natürlich abermals … Einige mir sehr liebe Menschen wurden erst durch mich darauf aufmerk-

sam gemacht, dass sie ein Hutgesicht haben; und nützen es jetzt.
Ich gestehe: Meine Hutsammlung ist in meiner Kellerbibliothek aufbewahrt und ausgestellt. Da liegt die legendäre Schwejk-Kappe, daneben der Hut, mit dem ich vor bald vierzig Jahren in den Anzengruber'schen „Kreuzelschreibern" den Steinklopferhanns gespielt habe, der stets so zuversichtlich meint: „Es kann dir nix g'schehn …" Neben einer altösterreichischen Beamtenkappe (Halbzylinder) ruht eine Mütze aus Lappland, weiters die Angströhre meines Großvaters, ein Schupo-Helm aus Berlin (ich bin dort Ehrenpolizist), zwei Narrenkappen (aus Wien und Braunschweig), meine Luftwaffenausgehmütze und, und, und …
Warum ich so gerne Hüte trage? Vielleicht, weil ich mich dann behüteter fühle als ohne. Nach vielen Jahren des Stahlhelm-Tragens ist jede andere Kopfbedeckung ein Befreiungsfest. Übrigens, ein israelisches Kappel hab ich besonders gern, und ein gehäkeltes ägyptisches auch. Das liegt ganz leicht über dem nun schon bescheiden werdenden Haarputz und schützt gegen allzu heftige Sonnenattacken. Ausreden? Was weiß ich. Morgen fahre ich nach Salzburg, da ist der haarige mit dem grünen Schnürl dran. Danach Graz: da nehm ich den steifen mit dem breiten grünen Band.
Auf einer meiner Deutschland-Tourneen zierte mich ein blaues UNO-Barett mit dem Austro-Patch. Ich bekam es als Geschenk, als ich Österreichs UNO-Truppen auf Zypern besuchte. Damals genügten noch Blaumützen, wo heute schon Blauhelme versagen.
Ja, Hütetragen ist halt eine Leidenschaft. Und: Trau keinem Unbemützten.

Krankheiten kommen, und mit Gottes und dem eigenen Willen überwindet man sie, oder man kriegt sie einigermaßen in den Griff. Je älter man aber wird, umso gewisser wird, was uns allen bevorsteht. Zu viele, die meinem Herzen nahe standen, sind schon drüben. So lange ich aber noch wenigstens ein paar kleine und mittlere Freuden auf Erden genießen kann, will ich diese auch haben.
Jedoch – meine Nähe zu den Vorausgegangenen wird stets enger.

Novemberlachen

Wenn ich meinen Sohn Hansi auf dem Friedhof besuche, dann werde ich ganz still und lausche in mich hinein. Schlägt es noch, das alte Herz? Wird der Schwindel, der mich gestern heimgesucht hat, wieder kommen? Wird, wird, wird ...?
Um mich zu beruhigen, spaziere ich weiter, fahre vom Kritzendorfer Gottesacker zum Wiener Zentralfriedhof. Neben den Gräbern von engen Verwandten besuche ich auch die letzten Ruhestätten alter Freunde, plaudere ein wenig mit ihnen. Und das sind keineswegs einseitige Gespräche. Der alte Bruno Kreisky hört mir stets gut zu, etwa als ich ihm letztens gesagt habe: „Die Liste derer, die uns vorausgegangen sind, wird immer länger." Er korrigierte mich sofort: „... sag: *dir* vorausgegangen ..."
Und dann denke ich an Hellmut Andics, den Chronisten des von ihm so geliebten Landes. Er war Österreicher gleichsam von Blut und Natur.
Und zugleich fällt mir der beste aller Fernsehunterhalter ein, Hans-Joachim Kulenkampff, der Österrei-

cher geworden und dennoch seiner alten Heimat treu geblieben ist. Vorbilder beide, einmalige Erscheinungen: klug, sauber und mutig.
Wie tief hat Hellmut doch in die Seele seiner Landsleute geschaut, und wie tapfer hat Kuli für seinen Humanismus gekämpft. Ich bin stolz, mit beiden befreundet gewesen zu sein; und – ich habe viel von ihnen gelernt.
Immer noch stehe ich vor der Grabstätte Bruno Kreiskys und unweit jener des populären Wiener Bürgermeisters Bruno Marek, nahe der Luegerkirche auf dem Wiener Zentralfriedhof.
In mir staut sich die fürchterliche Gegenwart: Flutwelle in China, Blut und Vertreibung im Kosovo, in Israel, in Nordirland. Sturm über dem Atlantik, Flugzeugabstürze und Mafia-Morde. Von den Kleinigkeiten wie Parteienzank, Hetzjournalismus, Rechts- und Linksradikalengefahr, von Flecken auf Damenkleidern, die Amerikas Präsidenten in die Enge treiben und eine Weltmacht paralysieren, ganz abgesehen. Gut, dass dieses Jahrtausend endlich zu Ende geht, denke ich.
„Glaubst du, es wird wirklich besser?" Ich höre die Stimmen meiner verstorbenen Freunde.
Feine Aussichten, trübe Gedanken, schlechte Chancen. Ich bin niedergedrückt, gehe langsam über die herabgefallenen braunen Blätter in den Herbstnachmittag hinein.
„Und ihr da drüben, ihr könnt da gar nichts tun?!", wende ich mich an die Freunde: „Eine kleine Vorsprache, eine Intervention, eine himmlische Anfrage?"
Die Antwort blieb ein leises, aber unerhört spöttisches Lachen. Ein Novemberlachen halt.

Das muss noch gesagt werden …

… über Politisches und was mir sonst noch Angst macht

Ich habe mich mit dem Jugoslawienkrieg während der vergangenen Jahre in ungezählten Nachdenkstunden und in der Folge in zahllosen Zeitungsbeiträgen auseinander gesetzt, habe meine Meinung zur Stunde, zum Tag, in aller Traurigkeit und in allem Zorn kundgetan, habe meine Sorgen und Ängste geäußert. Ob dieser so zynische wie menschenverachtende Krieg nun endlich wirklich zu Ende ist, wer weiß das schon im Hinblick auf dieses Jahrhundert-Pulverfass? Im Folgenden zwei meiner zahllosen Gedankengänge zum Thema.

Keine Kollektivschuld

Nun tanzen sie wieder ihren Apokalypso, die Blutvergießer in den Schluchten des Balkans. Mord, Zerstörung, Vergewaltigung und Vergeltung wuchsen zu einem Inferno zusammen, das wir tagtäglich via Medien ins Haus geliefert bekommen. Genüsslich nagen die Berichterstatter das Fleisch von den Knochen der grausigen Tatsachen, um es leicht verdaut an ihre Leser und Seher weiterzugeben. Und ein um die eigene Sicherheit bangendes Volk lässt Tränen der Rührung und des Mitleids in die Biergläser tropfen und spendet brav – aus Angst, Kummer, Mitgefühl oder auch wohl zur Beruhigung des eigenen Gewissens. Loskaufen, nein, so will ich es nicht bezeichnen, wenn es manchmal auch so ausschaut. Hunger ist der beste Koch, sagt ein altes Sprichwort. Angst, füge ich offen hinzu, öffnet die Brieftaschen und Geldbörsen. Und: Angst will gern nach dem Floriani-Prinzip delegiert werden.

Dass daneben auch gemeutert und geschimpft wird, war vorauszusehen. Und dass „die Amis alles schlecht machen" ebenso. „Zu lange haben sie gewartet – jetzt ist es zu spät."

Nicht ganz, liebe Leute, nicht ganz.

Zu spät war es in den Dreißigerjahren, da hätten die Alliierten donnern müssen, als die Nazis das Saargebiet und das Rheinland „befreiten". Hätte man denen damals das Gewehr aus der Hand geschlagen, es wäre vielleicht zu keinem Zweiten Weltkrieg gekommen. Mich ärgert, dass man über den Verrückten in Belgrad vergisst, was etwa die Kroaten den Serben angetan haben und wie man sie – auch eine Minderheit – in Bosnien behandelt hat. Ich erwähne das nur der Gerechtigkeit halber.

Aber nun hat es Herr Milošević geschafft, dass manche ihn und das serbische Volk in einen Topf werfen. Und das ist schade. Denn wie lautete die Parole nach dem Zweiten Weltkrieg: „Es darf keine Kollektivschuld geben!" So bleibt uns, den Gott sei Dank immer noch Neutralen, nur eines: zu denken, zu sehen, zu beten und zu helfen.

Mir hat während des Zweiten Weltkriegs eine alte Russin, also im damaligen Sprachgebrauch eine „Feindin“, das Leben gerettet – es war in Charkow und ich vergess es ihr nie.
Hilfe sollte mitunter auch einem selber helfen, also Klischeevorstellungen und Vorurteile in Frage stellen.

Was Belgrad und Bagdad gemeinsam haben

„Ich will rein“, so hatte Gerhard Schröder vor Jahren gerufen und an den Gittern, die das Gebäude des Bundestags in Bonn umgeben, gerüttelt. Jetzt ist er drinnen.
Und nun will er raus aus einem Krieg, den er als deutscher Kanzler führen musste, weil Pakttreue verpflichtet. Auch Amerikas Clinton, ehemaliger Antikriegsdemonstrant, will wahrscheinlich wieder „raus“. Aber auch er hat irgendwann ein Versprechen abgegeben und – mitgefangen, mitgehangen.
Dabei sage mir keiner, dass man dem Umvolker in Belgrad nicht auch anders beigekommen wäre. Aber nein, es muss gebombt werden. Und danach wird mit dem Herrn Kriegsverbrecher wieder verhandelt wie mit Saddam Hussein in Bagdad. Eigenartigerweise ist Belgrad Bagdad ähnlich geworden. Nur dass das viel belächelte, ins Elend gerüstete Russland im Hinblick auf Belgrad als Vermittler auf den Plan trat und damit wieder als Weltmacht zu agieren versuchte.
Das alles wird viele Dollars kosten, und wer hinter

die Kulissen zu schauen gewillt ist, sieht, dass man es ohne Bomben und Tausende von Toten auch hätte erreichen können.
Die Einzigen, die bei dem Tanz der Vampire schlechter weggekommen wären: die Betonschädel in Belgrad und die Waffenfabrikanten rund um den Erdball. Aber so, nein! So, wie es nun geschehen ist, so soll es nicht sein. Da mögen diese oder jene von Gutmenschen faseln und zynisch lachen, wie sie nur wollen. Aber so, Herrschaften, so wollen wir dieses neue, vereint herbeigewünschte Europa nicht sehen. Wir haben für ein sicheres, friedliches Europa gestimmt. Für ein Europa, in dem nie wieder Krieg geführt werden darf. Und der Balkan gehört zu Europa, daran darf doch nicht gezweifelt werden. Adenauer, de Gaulle, Helmut Schmidt, Mitterrand und Helmut Kohl haben Frankreich und Deutschland endgültig ausgesöhnt (es muss keine Liebe sein, Vertrauen genügt), und so etwas muss nun abermals geschehen, trotz Doppelkreuz und Kopftuch, trotz Wut, Unvernunft und Hass. Es muss einfach geschehen, weil wir das alle wollen und brauchen, und weil Europa endlich wieder durchatmen will.

* * *

Pessach ist ein großes Fest im von Rabbi Hillel II. festgelegten jüdischen Kalender: Es erinnert an die Befreiung der Israeliten aus ägyptischer Gefangenschaft. Und weil Pessach auch den Beginn eines emanzipierten, jungen Judentums symbolisiert, gilt es als Frühlingsfest, als Fest der wieder erwachenden Natur, vielleicht auch des stets neu erwachenden Glaubens.

Ein trauriger Brief an David oder Böse Pessach-Gedanken

Lieber David, es ist zum Verrücktwerden. Ich mache mir Sorgen um euch und um euer Land, ich befürchte Schlimmes. Und dann sehe ich am Abend – nach meiner Theatervorstellung – im Fernsehen den alten Film „Exodus“. Der sympathische Paul Newman spielt einen Haganah-Mann, der zu seinem Freund, dem Mukhdar eines arabischen Dorfes, sagt: „Wir sind aufgewachsen wie Brüder, und ich bitte dich, höre nicht auf den Großmufti, geh nicht weg, bleib hier. Es ist dein Dorf so wie meines. Wir müssen und werden in Frieden und Gleichheit zusammenleben.“ Wann hat Leon Uris den „Exodus“ geschrieben, wann wurde das Buch verfilmt? Ja, ich weiß schon, wer die Teilung Palästinas nicht akzeptiert, aber ich weiß auch, wer heute, nach fünfzig Jahren, die Friedenshand zurückgezogen hat. Undenkbares ist geschehen, ein Jude ermordete Yitzhak Rabin! Ein Jude, der doch den wichtigsten Satz seiner (und aller) Religion kennt: „Wer ein Leben rettet, der rettet die Welt.“ Folgerichtig muss es wohl heißen: „Wer ein Leben vernichtet, verwüstet die Welt.“

Dabei, David, hat Theodor Herzl seinerzeit gesagt: „Wir alle wollen als Freunde miteinander leben – der Welt ein Beispiel geben und zeigen, was Toleranz ist.“ Dies hat der geistige Schöpfer Israels im Jahre 1896 in Wien in seinem Buch „Der Judenstaat“ geschrieben. Hundert Jahre später gibt es einen jüdischen Staat, Gott sei Dank, aber Herzls Buch ist zu Makulatur verkommen.

Oh, David, ich weiß sehr genau, dass ihr einen Staat,

dieses Stecknadelkopf-Land, verteidigen müsst mit Zähnen und mit Klauen. Aber es sollte doch ein Platz sein, an dem das Volk Israel auf Dauer ungefährdet leben könnte, David, könnte! Nein: leben *muss*. Aber bei aller Vorsicht, bei aller Erinnerung – die Humanitas, das Lebensprinzip des Volkes, darf nicht an den Grenzen des Landes und der Vernunft stehen bleiben, liegen gelassen werden.

Ben Gurion hat einmal gemeint: „Nie wieder!“ Und er war im Recht, ist es noch. Aber dieses „Nie wieder!“ gilt für alle, auch für die anderen, die eure nahen und fernen Cousins sind.
Ich habe viel nachgedacht, gelesen und – gebetet. Der Papst mahnt, der Dalai-Lama betet, wir alle hoffen und warten auf ein Wunder, denn es muss wohl ein Wunder geschehen, um ein neues Töten, einen neuen Krieg zu verhindern. Menschen lassen sich treiben, laufen falschen Idealen nach, werden aus Not, Dummheit und Wut zu Nationalisten mit fundamentalistischen Prinzipien. Wir können nur hoffen und beten. Beten um den Frieden, den uns euer Pessachfest verheißt. Möge unser gemeinsamer Gott ein liebender Gott sein und uns von unserer Furcht befreien.
Sei umarmt, David, mit Grüß Gott, mit Salam und Schalom.

* * *

Was hat Marlene Dietrich, die Hollywood-Legende, hier in diesem Abschnitt zu suchen, in dem wir uns vor allem mit unserem politischen Umfeld auseinander setzen? Gar manches, wenn wir die Grande Dame und das Verhalten vieler – in diesem Falle Berliner – Mitmenschen in Beziehung setzen. Denn dann ergeben sich sehr wohl grundsätzliche politische Fragen, denen wir nicht ausweichen dürfen.

Die Dietrich-Straße

Berlin, das einst so lebendige, luxuriöse, das wilde, verkommene, das lasterhafte Berlin, die Stadt mit dem goldenen Pflaster für Künstler, Spekulanten, Opportunisten und Huren – Berlin, die Perle der Spree, wie ist es heute drum bestellt? Berlin, nicht mehr zweigeteilt, aber auch noch nicht wirklich wieder zusammengewachsen, eine Baustelle ohnegleichen, ein Fass ohne Boden, aufstrebend und absterbend, nicht mehr das alte, aber noch nicht das neue Berlin: das Berlin des endenden zweiten Jahrtausends, die Bundeshauptstadt.
Und da will eine Reihe aufrechter Bürger – zum hundertsten Geburtstag der Marlene Dietrich, des blauen Engels dieser Metropole – eine Straße nach der außerordentlichen Künstlerin benennen. Was geschieht daraufhin? Tumult, Aufstand, Ablehnung.
„Die ist ja von uns weggegangen. Hat gesagt, sie will nie wieder zurückkehren. Nu soll se eben nich da sein." Zu ergänzen ist: Es geht um die *verstorbene* Dietrich … Sie ist, auf eigenen Wunsch, in Berlin begraben worden …
„Ejal, janz ejal. Die hat hier nischt zu suchen."
Was um Gottes willen ist denn hier mit dieser Stadt los! Was hat die verewigte Dame mit der Weltkarriere denn groß angestellt? Anders als die Minettis, die Gollings und die Sonnemanns hatte sie sich *nicht* bereitwillig den Nazis zur Verfügung gestellt. Sie hat

die Seite gewechselt, hat für US-amerikanische Truppen Theater gespielt und als amerikanischer Leutnant nach Berlin zurückgefunden.
Damals, in den ersten Jahren nach dem Zweiten Weltkrieg, hat ihr allerdings keiner die Meinung gesagt, damals im Trümmerhaufen Berlin. Ganz im Gegenteil, man hat ihr die Hände geleckt. „Unsere Marlene", hieß es damals über die Frau, und man konnte allenthalben lesen und hören, wie stolz das demokratische Deutschland auf sie war.
Inzwischen ist ihr Grab nun schon zweimal geschändet worden.
Wann endlich werden die Täter den Opfern verzeihen? Wann werden die besseren Deutschen von den anderen Deutschen endlich akzeptiert? Marlene Dietrich wäre ein Fall, an dem der Wille der Deutschen zum endgültigen Schuldeingeständnis bewiesen werden könnte. Nicht von der Regierung, nein, vom Volk, das diese Republik trägt. Und besonders von jenen älteren Berlinern, in deren Ohren der Marschtritt der braunen Kolonnen noch nachklingt und die hoffentlich nicht Widerstand mit Hochverrat verwechseln.
Ich weiß, dass es leider nicht allzu viele gibt, die begriffen haben, dass dieses Deutschland von heute nur über eine totale Niederlage der braunen Clique geschaffen werden konnte. Und diese Niederlage – als Grundlage der Wiederauferstehung – wurde erfochten von Menschen, wie auch die Dietrich einer war, Leutnant Marlene Dietrich …

* * *

Die Grundprobleme der menschlichen Zivilisation ändern sich nie, mitunter verlagern sich aber die

Schwerpunkte. Besteht ein Einzelmensch auf Akzeptanz seiner Identität, so wird er sie mit allen ihm zur Verfügung stehenden Mitteln durchzusetzen versuchen. Und je größer Macht und Einfluss dieses Menschen sind, umso größer sind seine Chancen auf Respektierung seiner individuellen Besonderheit. Viel komplizierter wird diese Fragestellung, wenn es um „ethnische Minderheiten" (oder wie immer man Kleingruppen innerhalb des Weichbildes der Macht definiert) geht.

Identitätsängste

Sooft ich damals die Kontroversen um die fünf Kosovo-Albaner hörte, fiel mir die Konferenz von Évian ein. Die Nazis hatten sie entriert. Es ging darum festzustellen, wie viele Deutsche und Österreicher jüdischen Glaubens in anderen Ländern Aufnahme finden könnten. Das Resultat war blamabel. Nur zwei Länder wollten einige Emigranten einreisen lassen, alle anderen lehnten ab. Mit der Begründung, dass sie keinen Platz für Neueinwanderer hätten und das Leben der Ausreisewilligen nicht bedroht sei. Natürlich haben sie alle gewusst, dass Hitler „was" mit den Juden vorhatte, aber um Ausreden war man schon damals nicht verlegen.
Kardinal König, der Grazer Bürgermeister Stingl, der Caritas-Präsident – alle riefen wiederholt auf, Humanität vor Recht ergehen zu lassen. Ich schließe mich ihnen an, aber – da geht es mir so wie bei meinem zögerlichen Ja zum EU-Beitritt – es gibt auch andere Aspekte. Der Innenminister fürchtet, dass mit einer auch nur einmaligen Ausnahme alle Dämme bre-

chen und neue Flüchtlingsströme in unser Land kommen könnten. Er fürchtet ein Ansteigen des Ausländerhasses, für den es auch triftige Anlässe gibt. Es erzeugt Zorn, wenn in einem Gemeindebau für Altmieter unverständliche Rituale in größter Lautstärke zelebriert werden, wenn sich Arbeitskollegen (auch deutsche Zuwanderer) ihren ansässigen Kollegen überlegen fühlen. Man hat Angst um seine Identität, und das auf beiden Seiten. Zurückhaltung und Rücksichtnahme beider Partner ist also oberstes Gebot.

Das Asylrecht aber steht über allen anderen Erwägungen. Menschen, die zu uns kommen, um dem Tod oder der Einkerkerung zu entgehen, müssen geschützt werden. Dazu sind wir sogar vom Gesetz her verpflichtet. Ich verstehe den Innenminister, aber eines verstehe ich nicht: dass man überhaupt darüber nachdenkt, ob man Menschenleben retten soll oder nicht.

* * *

Praktizierte Politik ist auch daran ablesbar, wie Menschen miteinander umgehen. Das hat weder mit Anbiederung zu tun noch mit der berühmten Distanzierungsformel: „Ich kann mich doch nicht mit jedermann ins Bett legen."

Politik, wie sie eine aufgeklärte, liberale und humane Gesellschaft – die wir uns einbilden zu sein – braucht, setzt Achtung aller Menschen vor allen Menschen voraus: In einer Gesellschaft, in der auch nur an einer Randzone Menschenwürde mit Füßen getreten wird, stellt sich die Gesellschaft selbst in Frage.

Strafe darf nie Rache sein

Ich habe vor einiger Zeit – es war gerade im Fasching – in einem Frauengefängnis einen Vortrag heiterer Art gehalten, vor weiblichen Häftlingen und Justizbeamtinnen. Dieser Nachmittag schenkte mir mindestens ebenso viel, wie ich dort geben konnte. Ich bin glücklich, dass ich diese Frauen (eigener Schuld zufolge eingesperrt, ich weiß schon) eine Stunde lang lachen machen konnte. Denn ich weiß, wie sehr jeder, der „sitzt", ein bisschen Frohsein nötig hat. Wir, die wir uns frei bewegen können, bewerten den Strafvollzug meistens falsch. Denn er darf nicht der Rache dienen, sondern hat Schutzfunktion, soll aber auch resozialisieren.

Mord ist etwas Grauenvolles. Lebenslänglich auch. Fünfzehn lange Jahre ohne Frau, ohne Mann, ohne Privatleben, ohne Hoffnung. Als man reinkam, war das eigene Kind vielleicht fünf, inzwischen ist aus ihm ein reifer Erwachsener geworden und man selber ist Großmutter, ohne wirklich das Erlebnis des Mutterseins gehabt zu haben.

Ja, ich weiß: Strafe muss sein. Aber ebenso scheint es mir notwendig, auch mit diesen Menschen – die sich sehr oft im Gefängnis von ihrem Menschsein entfernen – Mitleid zu haben und selbst in ihnen Schwestern, Brüder, Mitmenschen zu sehen.

Schuld und Sühne, von mir aus, ja – aber weinen wird man doch noch dürfen …

* * *

Europa, das ist eine großartige Idee, wenn wir sie mit Frieden, Verständnis und Verständigung gleichsetzen. Dorthin braucht es noch ein bissel Zeit, da gilt es noch vielerlei zu lernen, in politischer, aber auch in allgemein menschlicher Hinsicht. Und mitunter wird uns an scheinbar ganz kleinen Umständen bewusst, welch große Erziehungsaufgabe an uns selbst wir noch vor uns haben.

Was dem einen vertraut, ist dem anderen fremd

Ich wohne in Niederösterreich, ein paar hundert Meter von der Stadtgrenze Wiens entfernt. Meine kleine Stadt hat nahezu dörflichen Charakter. Hier lebten bis in von uns überschaubare Zeiten hinein Bauern. Nun ist daraus eine Gemeinde von Kleinstädtern geworden. Dem Franzosen Jean-Pierre Blanchard gelang hier am 6. Juli 1791 die erste Freiballonfahrt; er startete im Wiener Prater, landete eine Stunde später in der Nähe von unserem Großenzersdorf an der Donau und wurde von den Stadtvätern festlich empfangen. Wenige Jahre danach hat ein anderer Franzose, Napoleon Bonaparte, das Städtchen eifrig beschießen lassen. Die Stadtväter hatten daher keinen Bedarf, feierlich tätig zu werden.

Oh ja, da liegt viel Geschichte im Raum, und viel sympathische Gegenwart. Von der „näheren" Vergangenheit allerdings wird nicht viel geredet. Die Synagoge wurde von den Nazis verwüstet, der jüdische Friedhof ist noch da. Nur die Gegenwart zählt, und sie ist schwer genug zu bewältigen. „Hauptsache, du bist gesund und dein Auto ist fahrbereit."

Meine Stadt ist eine Stadt wie viele andere in Österreich auch.

Ich schlendere mitunter durch die Alleen, durch die Straßen. Und da begegnen sie mir hin und wieder, alte Frauen mit dem typischen Kopftuch, das man hier seit Jahrhunderten trägt. Wie hieß es doch in der „Vurschrift“? Eine Magd hat Anspruch auf eine Schlafstatt, auf tägliches Essen, auf ein wenig Lohn, auf keine Freizeit, auf zwei Paar Wollstrümpfe, auf einen Kittel und ein Paar Schuhe jährlich. Zu Weihnachten schenkte ihr „die Herrschaft“ eine Schürze und ein Kopftuch. So eines, wie es manche heute noch tragen. Unsere Alten ebenso wie die wenigen zugereisten Jungen. Sie sehen einander kaum ähnlich, aber das Kopftuch ist ihnen beiden wichtig. Nur, was bei der einen vertraut erscheint, ist fremd bei der anderen. Sollten die „Neuen“ das Tuch ablegen? Kaum, denn am Tüchel liegt es nicht. Wenn es etwas abzulegen gilt, dann sind es eher die Vorurteile.
Da gehen sie nebeneinander, die Alte steif und kantig, die Neue schwerfüßig und wiegend. Sehr verschieden. Aber doch – zwei Frauen, zwei Kopftücher. Die eine misst die andere mit ihren Blicken. Die andere tut so, als merke sie dies nicht.
Sie gehen dort vorbei, wo einst die zerstörte Synagoge stand. Demolierung als Finale eines sehr langen Einander-nicht-Verstehens, des Sich-Absonderns beider Seiten.
Das sollte eine Warnung sein. Im Kosovo versuchten jene, die die Trennung befürworteten, zu vermitteln. Dort schien es mitunter leichter zu sein, guten Willen zu zeigen. Bewähren muss man sich hier, wo wir leben und unseren Kindern eine gute Zukunft bereiten wollen. Eine europäische Zukunft des Miteinanders der Unterschiede.
Gestern habe ich gesehen, wie ein Kopftuch dem

anderen zugenickt hat. Ein winziger Anfang, der Licht ins Dunkel bringen könnte. Bravo, ihr Frauen von Großenzersdorf.

* * *

Der einst junge Sozialismus wurde nicht nur von großartigen Idealen getragen, er war für die Lohnabhängigen, die sozial Entrechteten, die Ärmsten der Armen Verheißung, heitere Zukunft nach schlimmer Vergangenheit, war oft sogar Fluchtreligion.

Dass es heute sehr vielen in unserem zentralen Europa (noch) sehr gut geht, dass viele von uns – vergleicht man den eigenen Status mit jenen der Groß- und Urgroßeltern – reich geworden sind, ist zu einem gewaltigen Teil der Arbeiterbewegung, dem humanistischen Sozialismus, zu danken. Das sind historische Verdienste.

Undank, so heißt es, ist der Welten Lohn: Eine reiche Gesellschaft neigt dazu, zu einer egomanischen zu verdorren. Jeder ist sich selbst der Nächste, und wenn der andere am Boden liegt, wird ausgewichen oder hurtig darüber hinweggeschritten. Wohlstand macht oft die Seele krank. Unser Verhalten wird uns – überprüfen und verändern wir uns nicht selbst – auf Sicht in einen neuen sozialen Niedergang führen. Wo Zwischenmenschlichkeit verloren geht, dringt Unmenschlichkeit ein.

Junge Leute und die Politik

Es sei, so gestand mir ein altbekannter SPÖ-Gemeindepolitiker, nicht mehr möglich, junge Leute für einen Beitritt zur Partei zu gewinnen.

„Wofür?“, fragen unsere umworbenen Junioren, „ich brauche keine Partei, ich hab eh alles …“
Damit ist wohl alles gesagt.
Man geht heute nicht mehr um einer Idee, einer Ideologie willen zu einer Gesinnungsgemeinschaft, sondern vor allem, um für die Leistung des Mitgliedseins Geschenke ideeller oder materieller Art zu erhalten, um etwas für sich zu gewinnen, zu erreichen. Das Wort John F. Kennedys: „Frag nicht, was der Staat für dich tun kann; frag lieber, was du für den Staat tun kannst“ scheint keinen Wert, keinen Klang mehr zu haben. Hier von „Sinn“ zu reden, wäre beinahe frivol. Das amerikanische Demokratieverständnis funktioniert allerdings anders: Es gehen dort prozentuell wesentlich weniger Bürger als hierzulande zur Wahl, und diese wenigen bestimmen daher das Schicksal des Landes. Nicht eine Idee, eine Grundsatzphilosophie, sondern ein Symbol oder gar nur eine Person zu wählen hat sich teuflischerweise auch bei uns durchgesetzt. Noch funktioniert es, zumal viele ältere Leute unter uns leben, die immer noch fest gefügte Bindungen und politisch-ethische Vorstellungen haben. Aber wie lange noch?
Die Jungen von heute sind die Alten von morgen: Viele von ihnen mögen dann meinungs- und ahnungslos im Strom mitschwimmen, ausgesetzt und beeinflusst von televisionären Wahlwerbeschlachten ohne humane Vision. Sie erkennen nicht, dass nicht nur Menschen, sondern auch Meinungen und Gesinnungen verschiedene Gesichter haben können.
Schreiben wir es doch hinter die eigenen Ohren: die Jahre des „Ich hab eh alles“ sind vorüber. Das werden in den nächsten wenigen Jahren selbst die poli-

tischen Einfaltspinsel entdecken. Sollte aber – ehe sich diese Entwicklungen durchsetzen – nicht ein neues Denken mit neuen, zukunftsorientierten Schwerpunkten eingesetzt haben, werden wir in Gleichgültigkeit und Lethargie mitten in einem neuen Führerkult gelandet versinken und auf irgendeine Weise strammstehend gehorchen.
Unsere Aufgabe, mehr aber noch die dringliche Sendung unserer Nachfolgegeneration, wird es sein, jetzt schon an jenen geistigen Räumen zu zimmern, die dem ersten Jahrhundert des neuen Jahrtausends adäquat sind. Zeitgemäß formulierte und allgemein verständlich verbreitete Ideen, die das Ansehen des Einzelnen ausschließlich aus seinem Humanum definieren, könnten wieder Menschen aller Altersstufen begeistern, vor allem aber die Suchenden in unserer Jugend. Und unsere Jugend ist aufnahmebereit, wenn wir selbst schlüssig und ehrlich zu ihr sind.
Finden wir diese geistig-ideellen Grundlagen für das neue Jahrhundert nicht, formulieren wir unseren Standpunkt nicht entsprechend, so liefern wir uns einer Vielfalt von subtilen Vereinnahmungen aus, die schneller, als wir denken, auch in neue – etwa rechtsnationale – Terrorismen münden können.

* * *

Solange wir Schändliches unter uns dulden, es nicht entlarven, anprangern und überwinden, solange werden wir so manche Schande nicht los. Rhetorische Beteuerungen reichen nicht aus, um glaubwürdig zu sein.

Wenn Schändliches salonfähig wird …

Als Wolfgang Staudte seinen Film „Die Mörder sind unter uns“ drehte, haben wir alle gedacht, dass in zehn, zwölf Jahren auch die Spätfolgen des mörderischen Hitler-Krieges bewältigt sein werden. Leider haben wir uns getäuscht.

Schuld wurde heruntergespielt, Sühne wortreich, aber ohne wirkliche Überzeugung, geleistet. Man baute in Deutschland Synagogen wieder auf – in Städten, in denen es keine Juden mehr gab. Man redete, flennte, bereute und vergaß, den Worten Taten folgen zu lassen. Milliarden wurden zwar an Israel bezahlt, aber das war nur ein Bruchteil des geraubten Vermögens. Die Mörder blieben unter uns. Viele von ihnen sind es heute noch.

Fast sechzig Jahre nach dem Krieg – in Wohlstand lebend – haben viele Menschen die Demokratie als einzig gangbare Lebensmaxime immer noch nicht begriffen, begehren auf und suchen neue starke Männer, weil sie glauben, ohne Führerfigur nicht leben zu können, was bei der geringen Bildung (des Verstandes, oft auch des Herzens) vieler Menschen nicht verwunderlich ist. Hetze, Verleumdung, Demagogie und Sektenunwesen feiern fröhliche, beängstigende Urständ.

Noch halten sich die Mörder im Hintergrund, aber die „Schänder“ sind wieder aktiv geworden. Sexualverbrechen mit Kinderschändung in den Familien nehmen zu, Friedhöfe und Gedenkstätten werden wie menschliche Wesen geschändet.

Schande über unsere Gesellschaft, die dagegen macht- und willenlos zu sein scheint. Da werden Gräber und Gotteshäuser wie auch Heldengedenkstätten verwüstet. Bis zur Schändung von Menschen ist der Weg nicht mehr weit. Und wir gewöhnen uns daran, lassen das alles weitgehend protestlos geschehen. Die Folge? Dass Opportunisten, Populisten und Freibeuter der Politik die Demokratie und den Ruf des Vaterlandes schänden.

Man schändet die Wahrheit, wenn man plakatiert: „Ihr habt schwer gearbeitet, jetzt kürzt euch *die Regierung* die Pensionen!“ Lassen wir uns das nicht gefallen, dass auf Plakaten gehetzt und dazu aufgerufen wird, Verträge zu brechen und damit die Reputation der ganzen Republik zu schänden.

Schande über die Schandmäuler, die darauf bauen, dass die Bevölkerung schon übermorgen nicht mehr weiß, was das Schandmaul heute gesagt hat. Dafür, dagegen, nein, ja – ein schändlicher Tanz der opportunen Wankelmütigkeit.

Ich habe vor vielen Jahren einmal öffentlich verlangt: Demokratie nur für Demokraten. Ich stehe heute noch zu dieser Forderung. Ich denke, es ist eine Schande, sich nicht gegen Schändung auszusprechen, und verlange von den Regierenden: strengste Bestrafung der Kinderschänder, der Schänder von Frauen und Männern. Aber auch rigorose Verurteilung von Schandtaten, die der Republik und ihren Bewohnern zugefügt werden. Ich würde mich schämen, würde Schändliches zum allgemeinen Gebrauch freigegeben. Mehr Takt, mehr Manieren, mehr Ehrgefühl sind gefordert.

Ich weiß, dass vielen dieses Thema unangenehm ist. Dann sagen sie: „Nicht schon wieder, jetzt sprechen wir seit fünfzig Jahren darüber …“ Gemeint ist das Thema Juden und unser aller Umgang damit. Mag sein, dass wir immer wieder „darüber“ geredet, uns oft sogar darüber hinweggeschwindelt haben. Getan haben wir wenig, viel zu wenig.

* * *

Alle Menschen haben den gleichen Ursprung, alle wurden von Vätern gezeugt und von Müttern geboren. Geburt, Leben und Tod einte sie. Bis Kain den Abel erschlug. Hass machte sich auf dieser Welt breit, schuf eigene, fürchterliche Traditionen: Christentum gegen Judentum, Naziverbrechen, Holocaust. Wann wird dieser Wahnsinnsweg enden?

Ein jüdischer Gottesacker

Man hat ihnen angeboten, ihre Toten außerhalb der Stadtmauer zu beerdigen. Hatte man auch damals schon die lebenden Juden nur geduldet, für die Toten galt gar keine Toleranz mehr. Finsterer Aberglaube beherrschte Herzen und Hirne der Stadtbewohner, Ritualmord-Geschichten wurden geflüstert, beredet, zerr-diskutiert. Anders waren „sie“, ganz anders, und daher unheimlich …

Der Sonntag galt ihnen nicht, sie hatten ihr eigenes Bethaus, und ihre Riten waren den anderen Stadtbewohnern unverständlich. Da konnten sie sich an Markttagen beim Handel und in den Wirtshäusern benehmen wie unsereins, irgendwie blieben sie doch fremd und furchteinflößend. Hatte nicht der Herr Pfarrer, der Abgeordnete zum Reichsrat, ja der Bischof sogar gesagt, dass sie … Blutete ihretwegen nicht sogar der Leib des Herrn in der Hostie? Schrieben nicht auch Zeitungen und Bücher negativ über sie? Ihr Haar war dunkel, bei manchen loderte der

Bart wie eine Flamme vor dem Gesicht – der Schnitt der Augen, die Nase, anders, anders, anders …

Man kannte einander, war aber selten befreundet – man traute ihnen nicht. Hatten sie nicht schwere Schuld auf sich geladen? Nicht gerade die, die hier – als unsere Nachbarn – in Rufnähe wohnten, in ganz normalen Häusern. Sie tranken Wein wie unsereins, stapften über die Felder; nein, das nicht. Aber ihre Ahnen, ihre Vorväter, die taten es noch, dort, wo sie herkamen … Die hatten unseren Heiland gekreuzigt und noch hallte ihr Ruf aus den Texten der Heiligen Schrift der Christen: „Sein Blut komme über uns!“

Draußen sollten sie ihre Toten verscharren, vor den Toren der Stadt, mit ihren mythischen Zeremonien in der uns unbekannten, daher unverständlichen Sprache. Draußen, weit vor unserer Stadt. So geschah es denn auch.

Der Totenacker der Juden von Großenzersdorf wurde jenseits der Stadt errichtet, die Verstorbenen dort der Erde zurückgegeben. Nur die eigenen Verwandten suchten dort hin und wieder ihre Vorfahren auf, legten Steine statt Blumen auf die Gräber. Sonst kam kaum jemand. Dann aber änderte sich schlagartig alles. Im Befehlston agierende Recken kamen ins Land, in die Stadt, sprachen laut aus, was bisher nur getuschelt, gezischelt, geflüstert worden war. Dann brannte die Synagoge. Die seit unzähligen Jahrzehnten hier ansässigen „Fremden“ wurden verhaftet, vertrieben, ver…

Nein, reden wir nicht mehr darüber. Lange ist das her, kaum einer erinnert sich noch, fast sechzig Jahre, eine kleine Ewigkeit. Keiner von denen lebt mehr in der Gemeinde, keiner spricht mehr über sie, keiner will, darf, kann sich erinnern.

Nur der Friedhof draußen vor der Stadt, der ist noch da. Eine Mauer, dahinter verwildert, verwachsen ein Totenfeld mit ein paar Grabsteinen. Zwei, drei weisen noch trübe gegen den Himmel, die anderen liegen umgestürzt da, einsame Symbole für vergangenes, im Raum stehen gebliebenes Grauen.
Nein, nichts wurde seither geschändet, nichts mehr entweiht, nur – um den Friedhof herum stehen Häuser, in denen junge Menschen wohnen, die kaum mehr wissen, was alles da vor sechzig Jahren geschehen ist. Kinder spielen, hin und wieder fliegt ein Ball über die Mauer. Die Stadt in ihrem Wohlstand hat sich ausgebreitet, hat das Totenfeld der „Fremden“ eingemeindet.
Und so sind sie heimgekehrt, die letzten Überreste einer langen, traurigen Geschichte. Keiner lebt mehr, und doch sind sie wieder bei uns – die Juden von Großenzersdorf. Vielleicht dürfen sie wenigstens ruhig schlafen in unserer neuen, fortschrittlichen, toleranten Stadt? Vielleicht.

* * *

Überall auf der Welt werden Menschenrechte mit Füßen getreten. Nur – manche Systeme versuchen, brutale Würdelosigkeiten aufzudecken und zu verurteilen, anderen Systemen sind diese Verbrechen immanent.
Wie aber verhalten sich nun gerechte Menschen und Nationen den üblen gegenüber? Verurteilungen und Distanzierungen werden formuliert, Konferenzen einberufen. Bis –, ja bis die Braven und die Schlimmen miteinander ins große Geschäft kommen. Dann wird zugedeckt, vernebelt, dann ist ja eh alles net so schlimm, wie es immer geheißen hat.

Menschenrechts-Zynismus

Da haben sich die Weltmächte wieder einmal, auf Neudeutsch gesagt, geoutet: Die Weltfrauenkonferenz in Peking 1995 erinnerte mich sehr an die Olympischen Spiele in Berlin 1936. Damals sind die Nationen der Welt ins Nazireich gepilgert, obwohl sie wussten, dass im Dritten Reich Menschenrechtsverletzungen an der Tagesordnung waren. Hitler posierte als Gastgeber, weigerte sich aber konsequent, schwarzen Olympioniken – etwa Jesse Owens – anlässlich der Überreichung der Goldmedaille die Hand zu reichen.
Da trieben sich nun Mandatare und Mandatarinnen im fernen Peking herum und forderten die Einhaltung der Menschenrechte, ohne jede Erfolgsaussicht, wie alle auch schon zuvor gewusst hatten. Die Diktatoren lachten, schüttelten einander freundlich die Hände und ließen – lassen – weiterhin politische Gegner foltern und exekutieren; vorsichtig, wegen der Organentnahmen bei noch lebendigem Leib. Vielleicht darf eine Teilnehmerin des Pekinger Damenkränzchens einmal mit solch einer unfreiwillig gespendeten Niere herumspazieren ... Als Dank für wohlmeinendes Stillhalten.
Man fasste sich an den Kopf: Was muss denn noch alles geschehen, dass die Interessen der Wirtschaftshaie hinter die der Menschlichkeit gestellt werden? Dabei hatten diese Blutsäufer alle feierlich die Deklaration der Menschenrechte unterschrieben, deren wichtigster Punkt für mich „Freiheit von Angst“ ist. Aber wer schert sich um einen Vertrag, wer um die Freiheit des Wortes, wenn er durch Kumpanei Milliardenaufträge einheimsen kann!

Vorbei also die Empörung über das Massaker auf dem Platz des Himmlischen Friedens, den sie vor gar nicht so langer Zeit in ein Schlachthaus verwandelt haben. Mit welchen Gefühlen schritt Hillary Clinton dort über die blutbeschmierten Steine? Mit welchen Emotionen unsere westlichen Frauenministerinnen?
Ich habe Freunden schon öfters vorgeworfen, dass sie Verrat üben, wenn sie auf Urlaub nach Kroatien fahren, wo Herr Tudjman, der sich freut, dass seine Alte kein serbisches oder gar jüdisches Blut in den Adern hat, als Mini-Mussolini seine KP-Vergangenheit vergessen machen will.
Ein bisschen mehr Würde, mehr Haltung, mehr gelebte Gesinnung, meine Herr- und Frauschaften, wenn ich bitten darf.

* * *

Auch die Geschichte, die ich Ihnen nun erzählen möchte, spielt sich auf einer internationalen Tagung irgendwo in Europa ab. Dass man selbst an einem solchen Ort in einem solchen Ambiente etwas lernen kann, ist vielleicht überraschend, aber durchaus verständlich.

Und sitz bescheiden in der Mitten …

Also, irgendwie hab ich manchmal Glück. Ich nehme an einer Tagung – „europäische Theaterleute treffen einander“ – teil. Da sind Menschen dabei, denen ich nahezu brüderlich verbunden bin: Franzosen, Engländer, Iren, Italiener und Deutsche. Alle, ohne Ausnahme, genießen meine Sympathie. Daran hat nicht einmal der unselige Herr P., zugereist aus B., was ändern können.

Schon mit dem etwas kargen Frühstück beginnen die menschlichen Kontakte: Hotel, Terrasse, Gäste, auch Nicht-Berufskollegen. Heute sitze ich zwischen Amerikanern und Russen rechts am Tisch. Beide Familienteams konsumieren mutig drauflos, ohne auf die Dicke ihrer Brieftasche zu achten. Man hat es ja, die einen schon lang, die anderen genießen den neuen Sehr-Wohl-Stand mit gespielter Fadesse.

Aber ich will weder mit den einen noch mit den anderen frühstücken. Jene links haben krawallisierende Kinder und bunte Kappen auf den Köpfen, „Regenschirm" natürlich rückwärts gerichtet. Und die rechts rauchen auch während des Eierspeis-Verzehrs.

Wie gut ist es, denke ich, ein Neutraler zu sein, schön in der Mitte, und da und dort nicht anstreifen zu müssen, was heißt: nicht mehr als notwendig. Ein freundlicher Blick dahin, ein kleines Lächeln dorthin. Das genügt. Mit diesen Gesten der Verbindlichkeit halte ich mir die Leute vom Tisch fern, und wenn einer kommt und Salz verlangt, so geb ich es ihm. Gehört ja schließlich nicht mir, hat ja der Salzbaron seine Hand darauf. Aber Feuer, pardon, ich hab keines. Für Feuern ist ein anderer Tisch zuständig.

Ich genieße es also auch hier, ein Neutraler zu sein, allerdings kein meinungsloser. Zu sehr sitzt mir noch der Schrecken der Jahre achtunddreißig bis fünfundvierzig in den Knochen.

Deutsche kommen, man grüßt, Schweizer, man nickt einander zu. Das Personal ist freundlich, korrekt und sehr auf Distanz bedacht. Franzosen aller

Hautfarben. Wen mögen die wohl lieber? Den, der mehr bezahlt? Den, der bessere Trinkgelder gibt? Da sind wir uns übrigens recht ähnlich, der Gastgeber an der Grenze Frankreich-Italien und wir in der Alpenrepublik. Aber wenigstens hier auf der Terrasse verhalten auch sie sich so wie wir. Und fahren, so scheint mir, gut damit.

* * *

Immer wieder wird mir die Frage gestellt, wie ich mir „den/die ideale/n PolitikerIn“ vorstelle, welche Kriterien er/sie zu erfüllen hat. Und, da wir in einem medialen Zeitalter leben: wie er/sie aussehen müsste. Wenn ich ehrlich sein soll (und das bitte ich sein zu dürfen), kann ich ohne viel nachzudenken sagen: Mir ist das völlig egal. Auf gut Österreichisch: Es ist mir Wurscht, wie Politiker beiderlei Geschlechts ausschauen. Denn „Politik ist“ – wie Bruno Kreisky gesagt hat – „keine Schönheitskonkurrenz.“ Winston Churchill war alles andere als ein Beau, Golda Meir nichts weniger als eine Grace Kelly.
Mit der Stimme ist das schon etwas ganz anderes. Hohe Stimmen machen nervös, tiefe beruhigen. Kleidung zeugt entweder von Geschmack – oder von Eitelkeit. Ein sich ständig verkleidender Mandatar hätte besser Dressman werden, auf den Laufsteg und nicht in die Politik gehen sollen.
Im Ernst: Ich verlange von einem Politiker Verstand, ausdrucksfähige Rede und Ehrlichkeit. Ehrlichkeit erweckt Vertrauen und ist so anziehend, wie andererseits blödes, zynisches Grinsen abstößt.
Mir sind die Biedermänner im Politikgeschäft unheimlich, weil sie alle, ohne Ausnahme, in Augen-

blicken der Erregung die Larve fallen lassen und man plötzlich in Furcht erregende Fratzen sieht.
Ich habe sie erlebt, die Tischkomiker, die jovialen Schulterklopfer und Alles-Versprecher. Lautes Lachen lässt sie leicht entdecken. So wie man den Unsicheren, der Sprache nicht allzu Mächtigen am ständigen Äääa und Oooo nach jedem Satz, in Erregung nach jedem Wort, erkennt. Wie wohltuend ist es, wenn ein Mensch ein Referat hält und sich dabei der Sprache und der Ausdrucksweise bedient, die er am besten beherrscht. Oh ja, auch Dialekt ist schön und wertet den, der ihn spricht, eher auf als ab. Politiker, die das berüchtigte Fußballer-Schriftdeutsch sprechen, sollten besser wortkarg bleiben. Bitt schön, ich sag das alles als Wähler und ohne Versuch, meine Aussagen wissenschaftlich zu begründen. Ich glaube jedoch, dass sechzig Prozent der Österreicher ebenso denken wie ich.
Unter Theaterleuten gibt es einen heiteren Sager: „Hat die Vorstellung schon angefangen?“ Antwort: „Ja, sie reden schon unnatürlich.“
Und so wie das am Theater belächelt wird, ist es auch in der Politik. Unnatürlich sein macht lächerlich. Und das soll und darf ein Politiker nicht werden. Er darf unendlich viel sein, nur eines nicht: lächerlich.
Was mir in der Politik am meisten abgeht, ist der Humor. Ich mag weder Verbissene noch Hetzer und Herumschreier. Demokratie ist Diskussion, nicht Herumschmeißen von Unwahrheiten. Und die Fähigkeit, zum rechten Zeitpunkt – auch über sich selbst – herzlich lachen zu können.
Liest man die stenografischen Protokolle des Parlaments der vergangenen Jahre nach, mein Gott: Wie

geht es bergab mit dem Niveau der gar nicht mehr freien Rede. Alles wird herunterleiernd abgelesen. Die feine Sitte des freien Vortrags ist lange schon nicht mehr en vogue. Wozu auch?
Es gibt den Klubzwang und dadurch wird die hohe Versammlung ihres wichtigsten Rechtes beraubt. Wie heißt es in der Verfassung? „Der Mandatar ist nur sich und seinen Wählern verantwortlich." Also, Hände hoch, oder unten lassen. Das ist Mode.
Wann immer ein Abgeordneter – etwa mein Freund und Burgtheaterkollege Franz Morak, seines Zeichens ÖVP-Mandatar – gegen das Parteivotum auftritt, hat er meine ganze Sympathie. Ich erkenne daraus, er hat Mut und er ist von seinem Tun überzeugt. Dahinter stehen hin und wieder Überzeugungen.
Das ist der Grund, warum ich also parteilose Abgeordnete im Parlament gar nicht so ungern sehe. Sie bewegen sich freier, wirken legerer, es entschlüpft ihnen bisweilen sogar ein Scherzchen. Ja, das ist doch in Ordnung: Der armseligste, abgedroschenste Spaß ist mir lieber als das verbissene Gebell eines Schmucknarbenträgers.
Der Abgeordnete zum Nationalrat soll sich auch vom Lokalmatador unterscheiden. Der muss auf die paar Typen, die ihn gewählt haben, hören und Rücksicht nehmen, ihre kleinen Sorgen teilen und ihnen die großen tragen helfen. Die Mitglieder der hohen Häuser – und das fängt schon bei den Landtagen an – haben sich anders zu benehmen als irgendein Mensch draußen in der Welt der Nicht-Mächtigen. Das ist so wie das Verhältnis Leutepfarrer – Bischof.
Quod licet Jovi, non licet bovi.
Wie also soll der Politiker sein?

Ehrlich muss er sein. Er hat dem Wähler auch nach der Wahl zuzuhören. Er hat ruhig, gut erzogen und gebildet zu sein. Er muss über rhetorische Fähigkeiten verfügen und last, but not least eine gehörige Portion Humor besitzen.
Ich weiß zwar, dass diese von mir gewünschten Persönlichkeiten nur sehr rar gesät sind. Aber ich, der Wähler, darf mir doch was wünschen …
So eine Frau, so ein Mann, das wäre mehr als ein Wahlzuckerl.

* * *

So vieles, was wir gemeinhin unter Menschlichkeit, Einander-Verstehen, Wortwitz, Phantasie rubrizieren, ist de facto Politik. Politik heißt vor allem *machen,* setzt aber als Conditio sine qua non voraus, dass davor *gedacht* zu werden hat. Denken ohne Einsatz der Phantasie lässt kalt. Darum sollten wir dem heute weitgehend vergessenen mehr als Kabarett-Autor Rudolf Weys dankbar bleiben. Er hat wiederholt politisch Brisantes auf einen nur scheinbar witzigen Punkt gebracht. Keiner hat die Verprovinzialisierung eines Landes pointierter analysiert als Weys in einem Entwurf, den ich in meinem Haus aufbewahre und den der genialische Dichter 1938, nach dem Einmarsch der Nazitruppen, ersonnen hat: In Wien machen sich die Bezirke unter dem Motto „Los von Wien“ selbstständig. Das Kaiserreich Innere Stadt entsteht, die jüdische Republik Leopoldstadt, die Woiwodschaft Favoriten, die Sowjetrepublik Floridsdorf und so fort. Was würde Weys heute schreiben?

Eine Anmaßung

Europa vereint, zentral regiert.
In Deutschland, bei den tüchtigen Selbststreichlern, wird gearbeitet, für ganz Europa wird gehämmert und gebohrt, geschweißt und gefräst. Web- und Beichtstühle haben Hochbetrieb, der Schweiß rinnt in Bächen, man ist national und glücklich.
Österreich ist das Land der Nostalgie und der Erholung. Wenn man um vier Uhr früh aus dem Fenster blickt, sieht man im Morgenlicht fröhliche Greise um ein Feuerchen schuhplatteln. Zitherspiel und Jodelei klingen von Gipfel zu Gipfel, befrackte Kellner stehen gebückten Rückens vor Wirtshäusern. Und Häuser der Freude laden zum Besuch ein.
Aus Ungarn weht Gulaschgeruch über die Grenzen, rot-weiß-grün kostümierte Fiedler fiedeln auf platten Booten am Plattensee, kilometerlange Salamis werden angeboten, die Straßen von Buda und Pest sind mit würzigem Rosenpaprika bestreut, über den der Primas von Ungarn Csardas tanzend zur Messe wallt.
Tschechien, Land an der Moldau. Bier fließt in Strömen, in Prag breiten längst ausgestorbene Köchinnen böhmische Dalken zu, Powidl- und andere Tatschkerln, das biedere Volk verkauft Bräute und betet den Golem an, der Nacht für Nacht am Grab des berühmten Rabbi Löw schaurige Gesänge von sich gibt. Die exzellenten Texte dieses Chanson fantastique sind vom Staatspräsidenten höchstpersönlich, und eine Schar von Meldegehorsamstdassja-Schwejks vertreibt die Dichtung als Traktat in den Wirtshäusern, die alle „Zum Kelch“ heißen.
In der Slowakei kuren Gäste im schlichten Nobelbadeort Pistyan. Tatrabesucher genießen die überall

spürbare Präsenz des guten alten ČSFR-Kommunismus, der durch Fotos des Kriegsverbrechers Tiso aktualisiert wird.
Bella Italia, das von Regierung zu Regierung und damit von Skandal zu Skandal taumelt. Neofaschisten und Neokommunisten, legale Lega und illegale Geschäfte. Le bon ton de Benetton wirbt für Italien und nicht für La France, wo nicht einmal Walt Disney eine längere Aufenthaltserlaubnis erhielt. Trotzdem alles Balladur. Das Kriegsgeschehen für Europa hat Ex-Jugoslawien übernommen, das bis vor wenigen Wochen brannte und blutete und von dessen Zukunft wir zu wenig wissen. Nordirland gibt sich mit Platz zwei nicht zufrieden und eskaliert in die Zukunft.

So also vielleicht hätte der großartige Rudolf Weys geschrieben. Aber die Wirklichkeit hat ihn übertroffen. Noch grausiger ist es in Europa, ekelerregender, als es sich ein Dichter hätte ausdenken können. Verstehen Sie, warum ich Geschriebenes so liebe? Ich denke, weil es das ist, was man als Flucht aus der Wirklichkeit bezeichnen kann …
Politiker haben mannigfaltige Möglichkeiten der Selbstdarstellung. Über eine angenehme, in der rechten Stimmlage fließende Rede und alle Parameter des Anstands hinaus zeigt auch die physische Verpackung eines Politikers Wirkung. Und das Wachsen der persönlichen Macht in Staatsgeschäfte hinein hat auch über die Bekleidung eindeutig signalisiert zu werden.

Maß-Kleidung, angemessen

Der deutsche Außenminister Joschka Fischer muss einen flinken Schneider haben. Am Tag der Wahl noch im T-Shirt, erschien er schon zur Angelobung und seither stets in tadellosem Anzug mit elegantem Hemd und geschmackvoller Krawatte. Die Wandlung vom Bürgerschreck zum Repräsentanten des Staates ist perfekt gelungen. Und rasch auch noch.

Anders war das seinerzeit in Israel, als Krawatten tragende Mitteleuropäer Minister wurden. Kamen sie zu diesen Ehren und Positionen, so trugen sie, wenn sie Sozialisten waren, alsbald das berühmte David-ben-Gurion-Ausschlaghemd. Erst nach ihrer Pensionierung wagten sie sich wieder an die seidene Schleife.

Bei uns ist Mode und dergleichen Schnickschnack nicht gefragt. Der Häuptling des Landes Kärnten versucht zwar, immer modisch zu erscheinen, schockt dafür aber mit Sagern, die längst aus der Mode sind. Und Österreichs Kanzler Viktor Klima hat wiederum eine eigene Kanzleruniform kreiert: schwarzer Anzug mit Weste und rotem Schlips. Sein Vize Wolfgang Schüssel propellert sich durchs Amt. Wie trist wäre diese Welt, trüge nicht Heide Schmidt ihr elegantes Geschmeide am Hals.

Aber was soll's, jeder, wie er will. Die Sitten und deren Gebräuche sind anders geworden, das haben wir zur Kenntnis zu nehmen. Und letztlich kommt bei vernünftigen Menschen (siehe Joschka Fischer) alles wieder ins Lot. Denn sie haben begriffen, dass nicht das Kostüm, sondern die Gesinnung zählt. Erkennt sie, wenn ihr ihnen zuhört, nachdem ihr sie angesehen habt.

* * *

Ausländer raus, so hat es angefangen. Und die, die dies forderten, erhielten viel Applaus. So einfach ist das heute nicht mehr. Es gibt zwar genügend Leute, die immer noch so denken wie damals. Nur haben sie inzwischen gelernt, sich diskreter und differenzierter zu artikulieren. Aber haben diese Mitmenschen sich je wirklich Gedanken darüber gemacht, was das hieße:

Österreich ohne Fremde

Jene, die sich so gerne als „Rechts-Liberale" sehen, starteten 1993 ein Volksbegehren, wie mit Ausländern zu verfahren sei. Ich habe mich damals, meinem Gewissen folgend, gegen diese Leute stark gemacht, habe wieder einmal versucht, ein Mensch der Aufklärung zu sein und vor allzu großer Dummheit, die allzu schnell in Unmenschlichkeit mündet, zu warnen.
Ihr würdet euch wundern, ihr Ausländer-Hasser, wenn in den großen Tageszeitungen und Magazinen in Holland, in den USA, in Frankreich und England – ja, wahrscheinlich auch in Deutschland – eines Tages Anzeigen erschienen, die da lauten könnten:

> „**Österreich lehnt Ausländer ab.** Sie, Bürger Hollands (der USA, Frankreichs usw.) sind in Österreich – auch als zahlender Urlauber – „Ausländer". Denken Sie daran und **wählen Sie ein anderes Ferienland ...**"

Wäre es so unmöglich, dass etwa der kanadische Tourismusverband so etwas ins Blatt rückte?
Oder dass, weil man sie hier offenbar nicht mag, alle philippinischen Krankenschwestern in den Spitälern für 24 Stunden die Arbeit niederlegen? Wenn die Zeitungskolporteure aus den arabischen Ländern auf die paar Schilling, die sie Abend für Abend verdienen, verzichten, indem sie ein Blatt, das gegen sie hetzt, nicht feilbieten? Wir würden es natürlich überstehen, wenn ein Placido Domingo und ein Georges Prêtre nicht mehr nach Österreich kämen. Aber so schön wird es dann halt nicht mehr sein, weniger bunt ist grau, fahl und fad.
Wir haben es ja auch überstanden, dass zwischen 1938 und 1945 unsere österreichischen Freunde jüdischen Glaubens vertrieben, geschlagen, gedemütigt und letztlich ermordet wurden. Aber wir tragen, so wir ein fühlsames Herz haben, noch heute schwer an unserer Schuld. Und, nebenbei, so lustig wie vor 1938 ist es hier auch nie wieder geworden. Wie sehr fehlen uns doch die Friedells und die Polgars, die Brochs und die Roths, die Grünbaums und die Kalmans …
Natürlich brauchen wir hier keine Zigeunerkapellen, keine indianischen Schamanen, wir brauchen keine ungarischen Regisseure, keine bundesdeutschen Schauspieler, keine italienischen Spaghetti-Zubereiter und keine griechischen Gastwirte. Wir können sehr gut auch ohne Baklava, Gyros und Coq au vin leben – nur: langweilig wird es halt sein. Sehr langweilig. Und weniger Arbeitslose wird es auch nicht geben, weil die hier Heimischen nicht bereit sind, so genannte Dreckarbeit zu akzeptieren.
Ich liebe meine Steirer-, Ausseer- und alle anderen

Hüte, meinen Jägeranzug und meine Haselhuhnfeder. Aber ausschließlich Trachtenanzüge? Um Gottes willen, bitte nein. Wir brauchen all das oben Erwähnte und tausend keineswegs bodenständige Dinge wirklich nicht, aber wir haben sie dringend nötig. Wir können ohne die fleißigen (ich weiß, es gibt auch faule) Arbeiter aus Ex-Jugoslawien, aus der Türkei nicht existieren. Oder kennen Sie wirklich viele Einheimische, die freiwillig als Straßenkolporteure bei klirrender Kälte mitten auf gefährlichen Kreuzungen Zeitungen verkaufen? Die Dreck beseitigen oder für sehr wenig Geld in Hotels Unmengen von Geschirr waschen …

Und wie war es denn während des Zweiten Weltkriegs? Hätte die verfluchte Rüstungsindustrie, hätte die damalige Landwirtschaft ohne vier Millionen Zwangsarbeiter funktioniert? Einen Schmarren hätte sie das. Sogar die Präservative für die deutsche Wehrmacht des größten Feldherrn aller Zeiten wurden in den Fabriken des Schwiegervaters eines bayerischen Ministerpräsidenten – Zwicknagel hieß er, der Tochtervater – von Zwangsarbeitern hergestellt. Und zwar von ausländischen. Vielleicht waren Sie, lieber Leser, ein Ergebnis „polnischer Schlamperei"?

Ich hatte – wie man weiß – keine allzu große Vorliebe für einen dreizehn lange Jahre am Burgtheater werkenden Direktor, der mich ebenso wenig mochte wie ich ihn. Aber ihn nicht zu mögen, weil er Ausländer, Deutscher, ist, hieße die Tatsachen verdrehen und wäre völlig vertrottelt. Das Volksbegehren des Herrn Haider durfte – ich betoniere das – keineswegs gegen Herrn P. vom Burgtheater gerichtet sein. Wie ihn Herr Haider und die FPÖ bekämpften, war mehr als mies.

Ja, wir haben auch anno '45 wieder von vorn begonnen. Und damals war es noch schwerer. Leichter war es nur in einer Beziehung: Die Trottel haben sich damals nicht so lautstark artikuliert wie heute, sie hatten Angst und krochen in alle Öffnungen der Besatzungssoldaten. Dort hätten sie bleiben sollen.

* * *

Es gibt in der Politik, in der Wirtschaft, in der Gesellschaft zahlreiche mehr oder weniger funktionierende Seilschaften. Man ist füreinander da, hilft einander. Und mancher meint: Wenn ich mit dem und dem per Du bin, dann ist das ein Signal an alle: Promis unter sich ... Und ein Duzfreund hat mir doch beizuspringen, selbst wenn ich nur mangelhaft fähig und charaktervariabel bin.

Der Du-Orden

Sag mir, wem du „du" sagst, wer dich also duzen darf, und ich sage dir, wer du bist; besser: Ich sage Ihnen, wer Sie sind.
Auf das *Du* gewisser Leute lege ich keinen Wert, besonders wenn sie mit ihrem raschen Du hausieren gehen wie Händler im Basar. Ich kenne einen, der alle Leute duzt, der von jedem behauptet, „des is mei Freind", aber zum Begriff Freundschaft ein eigenartiges Verhältnis hat. Der Grüß-dich-Gott-Rufer verweigert dir Blick, Gruß und sonst alles, weil er nicht versteht, dass du ihn nicht verstehen kannst. Nein, auf das „Du" solcher Leute kann ich leichten Herzens verzichten.
„Du" sagen zu dürfen, das ist eine Auszeichnung, ein

Orden, der einen beglücken sollte. Ich erinnere mich genau, wie das war, als mir Bruno Kreisky gesagt hat, ich möge ihn doch duzen. Ich bin wie benommen viele Tage lang herumgegangen, als ob ich einen Adelstitel (auf den ich keinen Wert lege) verliehen bekommen hätte. Bruno habe ich übrigens nie zu ihm gesagt. Ich weiß nicht, warum, aus großem Respekt wahrscheinlich, ich brachte es einfach nicht fertig. Ich sagte: „Du, Herr Kanzler", oder habe sonstwie herumgeredet.

„Aber im Englischen sagen die Leute …" Das ist was anderes, das interessiert mich nicht. Mir ist wichtig, meine Nuancen dort zu setzen, wo ich lebe, und das ist nicht Amerika, das ist auch nicht England, *hier* lebe ich, im deutschen Sprachraum, in Österreich.

Es ist ja ohne die Duzerei komisch genug, in diesem Land zu leben. Zudem beeinträchtigt das Du die Vielfalt der Sprache – besonders der aggressiven. Jaroslav Hašek lässt seinen Schwejk sagen: „Halten Sie die Guschen, Sie alter Lausbub." Mit dem Du ist dieser Satz nicht so distanziert, wird zu gemütlich. „Du bist blöd", das klingt nett, mild. Aber: „Sie sind deppert", das trifft.

Wenn in alter Zeit zwei miteinander bös wurden, hat einer gesagt: „Ich entziehe Ihnen das Du-Wort, ab heute siezen wir uns wieder."

Das Du verkleinert, verharmlost, ist zu freundschaftlich, um zu treffen. „Sie Arschloch!", das sitzt, das pascht, das trifft. Seien Sie nicht betroffen, wenn einer sagt: „Bist deppert worden?" Das meint er nett, beinahe zärtlich. „Sind Se deppert worden!", das ist hart, da weiß man: Der Sprecher meint es ernst.

Ich habe einmal einen gekannt (er lebt noch, aber

für mich ist er gestorben), mit dem habe ich mich geduzt. Jetzt ist er zum Faschisten verkommen, jetzt würde ich zu ihm wieder Sie sagen, wenn ich mit ihm noch reden tät ... Aber ich tu's nicht. Nicht einmal „Lecken Sie mich, Sie Opportunistenglatze" sag ich ihm.
Zu viel der Ehre. Nicht einmal das.

* * *

Innerhalb der gigantischen Dimensionen unseres neuen Europa werden mir in zunehmendem Maße die kleinen, die unverwechselbaren, die überschaubaren und die sehr lokal gefärbten Wirklichkeiten immer wichtiger.

Macht eifriges Denken Kopfweh?

„Das wissen S' aber schon, dass Sie damit an Trinker unterstützen", lachte mein Würstelmann am Wiener Schwarzenbergplatz hinter der Glasscheibe hervor, nachdem er den Schmattes von vier Schilling eingestreift hatte. Der sympathische Bursch ist ein seltenes Original, wie es einst jener Würstelstand-Betreiber beim Stock-im-Eisen-Platz vor dem Stephansdom war. Ich erinnere mich genau, wie er mir die „Haße" mit der Grandezza eines Albert Préjean servierte, dieses unvergessenen Tanzpartners der Josephine Baker, und dafür auch „der Franzos" genannt wurde. Dagegen wirken die Wurst-Maxen in Berlin mit ihren einst grandiosen Schnauzen griesgrämig; und darüber hinaus stinkt es dort auch noch nach Fritteuse. Um elf Uhr nachts Frühlingsrollen – mitten im Winter. Brrr ... Da ist mir noch der Maronibrater lieber, der seine heiße Ware bei der U-Bahn-Station Wien-Donaustadt anbietet, statt „bratene Erdäpfel“ „gebratene Kartoffeln“ feilhält und für ein Stanitzel fünfzehn Schilling begehrt, obwohl man dieselbe Menge in Wiens City um nur dreizehn Alpendollar erstehen kann. Aber es ist schon so: Die weniger „G'stopften“ lassen sich halt, wie die mageren Hendln auch, viel leichter rupfen.

Und gerupft wird, wo dies nur möglich ist; und es ist überall möglich, weil die Käufer satt sind, voll gemampft und träge. Die merken nicht, was ihnen angetan wird, weil ihnen die Augen zugewachsen sind unter den Fettpolstern des Wohlergehens.

Das ist keine politische Geschichte? Nein?

Was ist dann eine politische Geschichte?

Das muss noch gesagt werden …

… über den Beruf und rund ums Theater

Angeblich sprechen Theaterleute, wenn sie unter ihresgleichen sind, ausschließlich über „den Beruf“. Und wenn sie es mit anderen zu tun haben, zumeist ebenfalls. Kunst hat oft etwas Monomanisches. Das ist zwar nicht ganz richtig, aber auch nicht ganz falsch. Einer der Gründe dieser Monomanie ist wahrscheinlich in der Komplexheit unserer speziellen künstlerischen Tätigkeit zu finden, ein anderer in der Angst, die diesen Beruf durchzieht. Zum Umstand nämlich, dass Schauspieler großen Unsicherheiten und Zufälligkeiten ausgesetzt sind (durch Regisseure, Dramaturgen, Direktoren, Kritiker, aber auch die eigene Verfassung, die seelische Gestimmtheit), kommt die irrationale Angst, sich während jeder Arbeit vor sich selbst und vor einem Publikum neu beweisen zu müssen.

Weil ich diese Umstände genau kenne und weil ich weiß, dass den meisten von uns Zivilcourage im Auftreten vor Mächtigen des Theaters und der Mut, die eigene Meinung zu sagen, fehlt, habe ich mich (kraft meines Alters und des vielleicht nicht nur dadurch errungenen Stellenwerts fühle ich mich stark genug) immer wieder für diesen Beruf und für die Men-

schen, die ihn erfüllen und von ihm erfüllt werden, eingesetzt.
In unserer Profession, in der die materiell lebensfreundlichen Arbeitsplätze nicht zu dicht gesät sind, tut es natürlich besonders weh, wenn Arbeitsplätze an ersten Adressen verloren gehen. Vor allem, wenn Unwissen, Unvermögen und Schlamperei damit zu tun haben.

Schauplatz Berlin

Tragisches, Unfassbares, Katastrophales ist geschehen: In der Theaterstadt Berlin wurden innerhalb kürzester Zeit drei (!) preußische Staatsbühnen geschlossen. So verfügte der (unparteiische?) Kultursenat nach einer (hoffentlich nicht durchzechten?) schlaflosen Nacht. Eine politische Entscheidung, die wieder einmal Sinn und Unsinn der Politik heftig in Frage stellte. Dennoch, auch das Showbusiness feierte fröhliche Urständ.
Hui, da sprangen sie alle auf und flogen, wahrscheinlich auf Staatskosten, berlinwärts, um posierend medienpräsent zu protestieren. Peymann, der Umtriebige, gab seinen Senf zu Berliner Würsteln, auf einmal Österreich lobend. Bernhard Minetti, Gott sei seiner Seele gnädig, rief gemeinsam mit der FDP hohe Gerichte an. Alle waren sie lauthals unterwegs, und viele von ihnen hatten vergessen, dass sie selbst am Untergang dieser Häuser (Auslastung: magere 55 Prozent) mitgewerkt hatten.
Ich habe am Berliner Schlossparktheater ein Jahr lang Felix Mitterers „Sibirien“ gespielt und konnte mir aus unmittelbarer Sicht ausrechnen, dass da

eine Zeitbombe tickt. Intendant Volkmar Clauß wurde vom erwähnten Zusperr-Senat beauftragt, den Rettungsring zu spielen – zu spät. Alfred Kirchner, einst Peymanns Co in Wien, wurde um preiswerte dreieinhalb Millionen Schilling (fünfhunderttausend Deutsche Mark klingt ja fast preiswert) abgelöst.

Unfassbar bleibt diese Bankrotterklärung jedenfalls, denkt man an die große Zeit dieser Bühnen zurück: Etwa unter Boleslaw Barlog, der in diesen Stunden, da ich eben dieses Kapitel schreibe, mit dreiundneunzig verstarb: Barlog, der Direktor und Regisseur, war Verfechter der Wahrheit, ein Liebender seiner Schauspieler, Lordsiegelbewahrer des berlinischen Theaters. Mein Gott, war dieser Mann gescheit, menschlich und fair. Und wie der lachen konnte – auch über sich selber! Ich habe ihm längst schon verziehen, dass er über Boy Gobert anders dachte als ich, nämlich negativ. Ich habe ihm auch vergeben, dass er Peter Steins Schwächen wie in einem Glaskasten ausstellte. Barlog durfte alles, weil man alles bei ihm durfte.

Als ich zu den „Sibirien"-Proben nach Berlin kam, ließ mich das Theater (Schiller und Schlosspark) vom Flughafen abholen – in einem alten, desolaten Wagen. „Wissen Sie", sagte der Chauffeur, „dieses Auto ist so heruntergekommen wie unsere Häuser. Zuerst fuhr ich Barlog darin, dann Lietzau, dann kamen Boy Gobert und Heribert Sasse. Und nun – na ja, Sie sehen, die Karre geht mit der Zeit."

Damals, zu seiner Zeit, war Barlogs Imperium noch in Ordnung. Gutes, menschliches Theater wurde gespielt. Dann musste er den Hut nehmen. Er tat es nicht gern, aber die scheußliche neue Zeit drängte

ihn an den Rand. Nein, Kulturverantwortliche sind nirgendwo besser …
Zu seinem Neunzigsten vor drei Jahren haben sie ihn noch geehrt. Heimlich aber waren sie froh, dass sie ihn schon seit zwanzig Jahren los waren. Er war zu gut. Und zu vornehm. So einer wie der kommt nicht wieder. Die Welt von heute hat für Titanen keinen Platz mehr.

* * *

Das Theater kann überleben, wenn es keine Direktoren, keine Regisseure, keine Bühnenbildner, keine Dramaturgen mehr gibt. Das Theater braucht, um existieren zu können, nur zwei Personenkreise: die Schauspieler und das Publikum. Alles andere ist oft gut und bisweilen von Übel, es verfeinert oder vergröbert. Aber der König des Theaters bleibt der Schauspieler, seine Wähler sitzen drunten im finsteren Saal und haben das Recht, zu mögen, nicht zu mögen, anzuerkennen und abzulehnen, kalt zu bleiben oder – zu lieben. Schluss. So denke nicht nur ich, so haben viele vor uns gedacht.

Also sprach der weise Doktor Tyrolt …

„Wer mit Ausdauer stets von seiner eigenen Bedeutung spricht, findet schließlich immer einige Dummköpfe, die daran glauben“ und „Ich wünschte, dass Regisseure begreifen, dass man, um ein gutes Theater zu haben, nicht das Hauptaugenmerk auf Dekorationen, Kostüme, Lichteffekte und Schnürbodenkünste richten soll, sondern auf die schauspielerischen Leistungen, auf die Rede und auf das Spiel der

Künstler“: Dies sind nicht die Worte eines frustrierten Burgtheater-Abonnenten von heute, sondern Zitate aus dem Buch „Allerlei von Theater und Kunst“, geschrieben vom berühmten Schauspieler Rudolf Tyrolt anno 1909.

So wenig also hat sich geändert in den letzten neunzig Jahren, und die Pinseläffchen, die sich heute hoch bezahlt in Direktionssesseln räkeln, sind auch keine Neuentdeckung, sondern nur eine armselige Neuauflage. Aber ich weiß es doch, wie es manche andere ebenso wissen: Innerhalb der letzten Jahrhunderte hat man etwa alle fünfzig Jahre versucht, das Theater neu zu erfinden. Und Gott sei Dank ist letztlich immer wieder dasselbe herausgekommen: Das Publikum will nicht verblüfft, provoziert oder gar angeekelt werden, es will erbaut und gerührt sein, es will unterhalten werden, und es will – lachen können.

So klar, so einfach, so selbstverständlich ignoriert …

* * *

Weil ich dreizehn lange Jahre das nicht nur von mir so personifizierte Feindbild des Burgtheaters als solches ortete und angegriffen habe, wurde ich zum Feindbild des betreffenden, leider nicht betroffenen Herrn. Nun haben wir die Sache hinter uns und sollten ihr daher keinerlei Dimension lassen, außer ein wenig Traurigkeit und ein bisschen Zorn.

„Wiener Blut“ war als Abgangshohn inszeniert worden, aber sehr bald schon hat sich der Mantel des Vergessens darüber gelegt. Dennoch, ich fühlte mich beleidigt, nicht als Person Fritz Muliar, wohl aber als Österreicher. Daher behaupte ich:

Ich protestiere!

Im Wiener Burgtheater, einem von Steuergeldern erhaltenen Kulturinstitut, das einst eines der besten Theater im deutschen Sprachraum war, wird eine Vorstellung gezeigt, die den Titel „Wiener Blut“ trägt. Mit Berufung auf die Freiheit der Kunst wird dort unsere Republik geschmäht, werden Staatssymbole besudelt und Geschichte zu Geschichterln geklittert. Eine Beleidigung sondergleichen, aber die Freiheit der Kunst gilt auch hier.

Nun nehme ich mir unter dem Titel „Meinungsfreiheit“ die Freiheit, meine Meinung dazu zu äußern. Ich fühle mich beleidigt! Ich ganz persönlich! Und viele meiner Freunde ebenfalls. Vielleicht sollte man den Schmähbrüdern, die sich selber nun auch den Abgang verpatzt haben, einmal deutlich sagen: Der Wiener Heldenplatz, der 1938 so gerammelt voll war, ist weder das Symbol des tausendjährigen Reiches noch des tausend Jahre alten Österreich.

In diesem Zusammenhang ist zu bedenken: Zweitausend Österreicher sind in diesem kleinen Land von den Nazis aus politischen Gründen zum Tod verurteilt und hingerichtet worden, weil sie sich gegen die nationalsozialistische Unterdrückung gewehrt haben. 35.000 saßen als Zivilisten oder Soldaten in Gefängnissen, weil sie da nicht mitmachen wollten. Fast 200.000 Österreicher jüdischen Glaubens (mit ihnen hätte man den Heldenplatz zweimal füllen können) wurden beraubt, vertrieben, gedemütigt und ermordet. Soldaten starben für fremde Interessen. Wir, die wir trotz aller Gefahr in Gefängnissen, Strafkompanien, KZs unter Gleichgesinnten auch in dieser schrecklichen Zeit den für uns teuren Namen

Österreich flüsterten, wir, die wir hofften und beteten, arbeiteten und kämpften, wir fühlen uns zutiefst beleidigt. Dieser Staat, für den wir viel gelitten haben – die Erinnerung an alle Qualen und Leiden begleitet uns ein Leben lang –, wird nun an einer Staatsbühne geschmäht, das Volk besudelt und bespuckt.
Ich bin verletzt und gekränkt. Ich weiß, dass mein Freund Heinz Mayer, Präsident des Opferverbandes von Tirol, die Schandkerle geklagt hätte. Er ist leider kürzlich verstorben und so ist es wohl an mir, protestierend die Stimme zu erheben.

* * *

Schon als ganz junger Mensch stand ich auf der Galerie unserer geliebten Wiener Staatsoper und jubelte – wie alle damals Anwesenden – begeistert den großen Sängern zu, voller Enthusiasmus und voll von Liebe: zur Musik, zu den Sängern. Zu Piccaver und Völker, zur Maria Nemeth und der Anday, zu Rosvaenge und Duhan; später zur Seefried und der Güden, zur Schwarzkopf, zum George London und zum Anton Dermota. Eine Welt, die mir unerhört viel bedeutete und immer noch bedeutet, der darüber hinaus meine allerhöchste Achtung gilt. Denn nur wer weiß, welch enorme Arbeit Sänger auf der Bühne leisten, nur wer weiß, wie schwer und steinig der Weg dorthin war, sollte sich über diese Kunst und diesen Beruf äußern.
Aus diesem Kontext heraus wird es der Leser verstehen, warum es mich zu Tränen rührte, als ich auf den Brettern der Wiener Staatsopern-Bühne auftreten durfte.

Als Kammerschauspieler unter Kammersängern

Es ist kein Faschingsscherz, es ist Tatsache: Ich singe an der Wiener Staatsoper; zwar nur mit anderen zusammen, aber – ich singe! Natürlich spiele ich auch mein „Theater“, das des gesprochenen Wortes, aber unter lauter Kammer- und anderen Sängern.
Njegus heißt die Figur, und dieser Herr ist Kanzleichef der pontevedrinischen Gesandtschaft in Paris. Jetzt wissen Sie, wovon die Rede ist, nämlich von Lehárs „Lustiger Witwe“, und zwar in bunt-prominenter Besetzung: der Regisseur Rumäne, der Dirigent Engländer, die Witwe Amerikanerin, und der Schlingel Danilo, der so gern ins (intime) Maxim geht, ist Däne.
Euro-Operette also in der Wiener Staatsoper. Dass da das Wienerische ein bisschen ins Hintertreffen gerät, ist noch immer besser als die Talentproben der Operettenzertrümmerer aus dem Norden. Dort nämlich wird mit Lust und List charmelos den „Weanern“ gezeigt, was eine Harke ist.
Mein Baron Zeta ist Bayer, sein Gegenspieler Rossillon Amerikaner. Damit ist auch die NATO vertreten, und wir arbeiten in Sicherheit. Darüber hinaus gibt es, wenn das Orchester der Wiener Staatsoper musiziert, keinerlei Gegensätze mehr.
Das Silber der zweiten großen Wiener Operettenzeit blinkt über dem Haus. Und Altspatz, der ich bin, freue ich mich wie ein – christlicher – Neger, wenn der oberste Hirte vorbeikommt.
Die Kollegen von der singenden Zunft sind lieb und nett, ohne Allüren, und was mich am meisten beein-

druckt: sie halten fest zusammen. Ohne diese Einstellung könnte der heute weltweite Opernbetrieb gar nicht stattfinden. Ochs auf Lerchenau an der New Yorker Met, Pogner in Wien, Kezal in Hamburg. So fliegen die Stars von Haus zu Haus. Sogar ich, der ich nur ein Außenseiter bin, sogar ich habe meine Njegusse und Frösche schon fast in ganz Europa über die Bühne torkeln lassen.

Und Freude macht es, riesige Freude. Bei mir noch zusätzlich mit dem Blick zurück, als noch eine Schwarzkopf, ein Hotter, ein George London, ein Dermota und meine Ljubuschka Welitsch auf dieser Bühne standen, glänzten und siegten: von der aus darf nun auch ich ins Haus schauen. „Ist ein Traum, kann nicht wirklich sein." Danke, du geliebte Wiener Staatsoper.

* * *

Seit Jahrzehnten schon verbringe ich einen großen Teil des Sommers in Salzburg, nicht nur, weil ich diese zauberhafte Stadt liebe und ihre Bewohner schätze. Ich bin dort sozusagen auch ein altes Möbel unter den Stamm-Festspielern, über sanfte und stürmische Zeiten hinweg. Und ich liebe es, im Geiste der drei Großen Hugo von Hofmannsthal, Richard Strauss und Max Reinhardt zu arbeiten und zu atmen.

Vom armen Nachbarn ...

Am Salzburger Domplatz begleite ich alljährlich Jedermanns letzte Stunden. „Ist Ihnen das nicht schon langweilig, seit Jahrzehnten, Sommer für Sommer?"

So fragen mich neugierige Mitmenschen. Und zu deren Erstaunen antworte ich stets: „Aber wo denn! Wieso?“
Richtig, ich bin gern dabei, ob als Dicker Vetter, ob als Armer Nachbar oder sonst was. Sommer, das ist für mich hoffentlich noch lange Salzburg und der fürsterzbischöfliche Dom, wo mein Platz zwischen Mammon und Schuldknecht an der Seite Jedermanns ist. Der Jedermann wechselte immer wieder: Ich habe mit Curd Jürgens, Klaus Maria Brandauer, mit Gerd Voss und Ulrich Tukur gespielt. Jedermänner kommen und gehen, der Domplatz bleibt, trotz aller Veränderungsversuche, ja sogar trotz aller Unkenrufe und Abschaffungsversuche. Und sollte man ihn nicht doch wegräumen? Nein, Selbstkastration ist nicht Salzburger Methode. Denn dieses Spiel vom Leben und Sterben eines reichen Mannes vor der prachtvoll-unprätentiösen Kathedrale auf der Luxuspawlatschen hat gleichsam den Zauber des Ewigen. Es ist interessant, Vorstellung für Vorstellung zu beobachten, wie zweitausendfünfhundert Leute, gebannt auf den Holzbänken sitzend, von diesem Zauber, dieser Stimmung, in die die ganze Stadt und der Himmel über ihr einbezogen sind, überwältigt werden. Oft gegen ihren eigenen Willen.
Edelkitsch? Quatsch! Volkstheater auf höchster Ebene. Wenn der Glaube und die Guten Werke gesiegt haben, wenn der Teufel schmähend die Spielstatt verlassen hat und Jedermann – merken Sie: jedermann! – gerettet ist, dann rinnt manche verstohlene Träne über verschwitzte Wangen. Die Leute gehen still und befangen von dannen.
Wir nennen das, was dort geschieht, spöttisch den Lipizzaner-Effekt, aber wir wissen genau, dass das so

nicht stimmt. Da ist ein bisschen was von griechischer Tragödie, ein Rest großen, altenglischen Theaters, eine Spur vom Nürnberger Hans-Sachs-Spiel und viel von österreichischer Seele zu spüren und – zu schmecken.
Ich weiß, das erkennen (unbewusst?) sogar die ewigen Kritikaster, die Theater- und Literaturg'scheiterln, aber es ist halt modern und fesch, dagegen zu sein. Macht gar nichts, viel Feind, viel Ehr. Und der Jedermann ist ein Stück Fest-Spiel an der Salzach, besser noch, er ist ihr Aushängeschild und Erkennungszeichen.
Joseph Roth, genialer Schreiber des Jahrhundertromans „Radetzkymarsch", meinte einmal: „Österreich ist kein Staat, keine Heimat, keine Nation. Österreich ist eine Religion." So ist es auch mit dem „Jedermann" in Salzburg. Der Jedermann ist kein Theaterstück, kein Mysterienspiel, kein gesellschaftliches Ereignis, keine Gewohnheit – der hofmannsthalsche Jedermann, dieses öffentliche Sterben und Gerettet-Werden, das sind die Salzburger Festspiele. Das spüren die Menschen und deswegen strömen sie Jahr für Jahr herbei, wenn der Ruf „Jeeedermaaan" von der Festung über die Stadt hinweg hallt.

Das muss noch gesagt werden …

… über Kollegen, Freunde und andere Leute

Nicht, dass ich bisher besonders zögerlich gewesen wäre, was meine Aussagen über Freunde und auch über andere Leute betrifft. Ich habe mir nie ein Blatt vor den Mund genommen, weder wenn es um Liebes- noch wenn es um Kriegserklärungen ging. Das wissen nicht nur alle, die mit mir persönlich zu tun haben, das ist in meinen Kolumnen, die seit Jahrzehnten in verschiedenen Magazinen und Zeitungen erschienen sind, ebenso nachzulesen wie in meinen Büchern.
Dennoch aber liegt mir sehr daran, auch in diesem Zusammenhang über Kollegen, Freunde und andere Leute Dinge zu sagen, die sich nicht an sie, sondern an alle richten, die solche lebensnahen Emotionen nachvollziehen können. Sie alle sollen wissen, was ich im Guten zu sagen habe, oder auch – bisweilen – auf distanziertere Weise.

* * *

Seit Jahrzehnten befreundet bin ich mit „der“ Gusti Wolf, war ungezählte Male ihr Partner – auf der Bühne, im Film, im Fernsehen. Ich verehre diese kostbare Kollegin von Herzen, drum war ich auch mit großem Vergnügen bei ihren runden und halbrunden Geburtstagen mit dabei – jeweils als geneigter Gratulant mit meinen allerherzlichsten Wünschen.

Die Erzkomödiantin

Es war im Frühjahr 1992: Eine Freundesgesellschaft hatte sich im Festsaal eines Wiener Hotels zur Geburtstagsfeier für die von allen Anwesenden und zigtausend Menschen mehr uneingeschränkt Geliebte eingefunden: Gusti Wolf, die große Verwandlerin, diese ewig jung Gebliebene, hatte zu ihrem Achtziger gebeten. Wie selbstverständlich war das „alte" Burgtheater fast vollzählig erschienen: allen voran die große Paula Wessely, die unvergesslichen Freddy Liewehr und Alexander Trojan, der Joachim Bissmeier, Klaus Maria Brandauer, die Erika Pluhar und Lotte Ledl. Alle, alle und noch mehr, sie waren da ...

Einige unserer Kollegen, darunter viele jüngere, hatten absagen müssen, hatten Vorstellung und konnten deshalb nicht teilnehmen. Achim Benning, Peymanns unmittelbarer Vorgänger als Burg-Chef, war jedoch extra aus seinem neuen Arbeitsmittelpunkt Zürich angereist.

Gusti Wolf: Das ist und bleibt ein Synonym für ungeheure Kraft, künstlerische Glaubwürdigkeit, menschliche Verlässlichkeit. Und dennoch – welche Schätze wären da noch aus ihr über die vielen bereits gehobenen hinaus zu heben gewesen. Sie bleiben verloren, liegen brach, zumal uns die Erspürer,

die Wieder- und Neuentdecker, abhanden gekommen sind.
Gustis Freude war sichtlich und spürbar, ihre Gäste waren gerührt, und wir alle mit ihr glücklich.
Schön, wieder einmal an alte, vielleicht nicht immer gute, aber stets bessere Zeiten erinnert zu werden. An damals, als das Burgtheater noch …
… Ach, was bringt es, zu klagen, zumal die Ursache dieser Klagen endlich und vielleicht sogar endgültig verschwunden ist. Das Burgtheater findet nun, knapp vor der Jahrtausendwende, vielleicht auch seine Wende und damit seine eigentliche alte Wirklichkeit wieder …
Rund um die Gusti flatterten von Tisch zu Tisch Anekdoten, man lachte, man ließ vor allem die Jubilarin mit Standingovations hochleben. Das Schönste aber war, dass *alle* Anwesenden ihre guten Wünsche von Herzen ehrlich meinten. Ich habe die Gusti daran erinnert, dass nicht nur wir sie lieben, sondern auch das gesamte Publikum. Sie ließ von Herzen danken.

Die Zeit, sie fliegt. Fünf Jahre danach, 1997, sitzen wir abermals beisammen. Denn die nun fünfundachtzigjährige Gusti Wolf (immer noch voller Kraft, und selbstverständlich strahlend) hat sich zu ihrem Jubeltag selber ein Geschenk gemacht, ein funkelnagelneues Auto. Und wie sie sich darüber freut!
Im Kreis um das Geburtstagskind: die Nicht-nur-Opernball-Dame Lotte Tobisch, meine geliebte Annemarie Düringer, der glänzend wie eh und je aussehende Hansl Holt, der Ex-Theater-an-der-Wien-Direktor und Wiener Musical-Durchsetzer Rolf Kutschera. Ich durfte neben seiner Susanne (Almas-

sy) sitzen, die trotz ihrer achtzig mehr Temperament hatte und besser aussah als manches durchgeistigte Theaterwesen von heute mit kaum vierzig. Daneben saß der wichtige Otto Bolesch, ebenfalls kein Kind mehr, aber immer noch ein Herr, sowie der reizende Heinz Frölich (neunzig) und unweit von ihm die so kluge wie elegante Kammerschauspielerin Lily Stepanek: Was nur hält alle diese Leute so fit, so agil, so gescheit, so kreativ, trotz aller obligaten Alterswehwehchen? Ich weiß und sage es: „Sie haben allesamt das gleiche Rezept: sie denken, sie lernen, sie arbeiten, sie arbeiten, arbeiten ..."
Felix Dvorak hat mir zugestimmt, als ich das feststellte, und die gescheite Annemarie Düringer hat mit ihrem schönen Kopf freundlich genickt.

* * *

Abermals zu einer von mir und von Hunderttausenden hochverehrten Dame: Elisabeth Orth, die große Tragödin, mehr noch, diese Erz-Komödiantin. Elisabeth war unserem Burgtheater zu unser aller Leid aufgrund der bekannten Entwicklungen vor vielen Jahren abhanden gekommen und hatte seither ihre großen Erfolge vor allem in Berlin. Nun aber ist sie endlich heimgekehrt in die Stadt ihrer Geburt, in die Stadt ihrer Eltern – Attila Hörbiger und Paula Wessely. Wir freuen uns, dass sie wieder unter uns ist.

Willkommen, liebstes Lieserl!

Die Zeit mancher allzu langen Abwesenheiten scheint Pause zu machen. Drum schreib ich hier aufgeregt und voller Herzensfreude:

Sehr verehrte Frau Kammerschauspielerin, liebe Elisabeth Orth, mein geliebtes Lieserl!
Du bist von Berlin nach Wien und damit nach Hause übersiedelt. Darüber freue ich mich sehr. Du wirst hier endlich wieder Theater spielen, dazu war es höchste Zeit; und ab sofort wirst du deinen Berliner Freunden über Wien berichten, wie du es in den vergangenen Jahren vice versa getan hast.
Wie es sich nun anlässt, ist es uns lieber.
Das Wichtigste: Wir haben dich endlich wieder, ein Stück Österreich ist heimgekehrt.
Genug, nun bist du endlich wieder da, Elisabeth, und du findest an unserem geliebten Theater nächst der Burg bessere Luft vor als jene Kollegen, die jahrelang eine ganz andere hatten atmen müssen. Ich freue mich, dich endlich wieder in meiner, in unserer Nähe zu haben, wir sollten unseren ersten Kaffeeplausch wie ein Fest zelebrieren. Auch ich werde nun wieder – aber nur mehr als Zuschauer – ins Burgtheater gehen, und dann werde ich dich und deine große Kunst beobachten und bestaunen, so wie ich es bisher immer getan habe. Und ich weiß es: Du wirst noch reifer, noch tiefer, noch bedeutender geworden sein. Das ist mir so gewiss, weil ich dich zu kennen glaube. Dein Schatzhaus Österreich hat (zu) lange auf dich gewartet, betritt es mit dem Segen aller Musen. Sei willkommen, Lieserl, wir freuen uns über deine Heimkehr sehr. Und ich selber natürlich besonders heftig, doch das weißt du.
Wie sagt man doch in Wien so schön: „Wir müssen uns bald z'sammsetzen." – Handkuss, Elisabeth.

* * *

Politisch lagen Welten zwischen dem jahrzehntelang begeistert engagierten Kommunisten und großen Schauspieler Karl Paryla auf der einen Seite und dem ebenso engagierten Antikommunisten und Jahrhundert-Komponisten Gottfried von Einem auf der anderen. Aber de facto einte sie mehr als sie trennte: Beide waren Menschen mit vielschichtigen Unbedingtheiten, beide außerordentliche Künstler, beide blieben uns als unverwechselbare Charaktere in direkter Erinnerung. Meine Freundschaft zu beiden reicht über ihren Tod hinaus.

Von Streithanseln und großen Künstlern

Bald nach dem Tod eines der wichtigen Komponisten der zweiten Hälfte des zwanzigsten Jahrhunderts, Gottfried von Einems (†12. 7. 1996), dieses sensiblen Streitbaren, ist auch der um vierzehn Jahre ältere Karl Paryla (†14. 7. 1996) von uns gegangen. Selbst wenn es vordergründig nicht so zu sein scheint – wie ähnlich sie einander über all ihre Gegensätzlichkeiten hinweg waren, sollten wir posthum erkennen: Beide waren tapfere Menschen, beide freie Geister, beide Streithanseln guter österreichischer Art, und beide – da gibt es keine Widerrede – überragende Künstlerpersönlichkeiten.

Karl – wir haben ihn seiner explosiven Art wegen immer recht liebevoll den „Schrapnell-Karl" genannt – hat bis ins hohe Alter hinein gearbeitet und ist dadurch jung geblieben. Mit ihm und Gottfried sind zwei anerkannte, dennoch immer wieder umstrittene, jedenfalls viel geliebte und mit Recht bewunderte Künstler von der Bühne, die sie beide über alles

liebten, gültig, aber sicherlich nicht endgültig abgetreten.
Man würdigt den Komponisten, den Schauspieler; doch jeweils den Menschen zu vergessen, wäre schmählich. Beide waren, man mag mit ihnen einer Meinung gewesen sein oder nicht, etwas, was heute, in der Zeit der Schwätzer und Aufplusterer, sehr selten geworden ist: aufrechte Kerle und gerade Micheln. Ich habe sie beide geliebt.
Wenn wir einmal drüben an die Pforten pochen werden, werden wir sie, davon bin ich fest überzeugt, von weitem schon temperamentvoll poltern und streiten hören – laut, ehrlich und lachend, den Gottfried und den Karl …
Gottfried von Einem und Karl Paryla waren als Persönlichkeiten und schöpferische Künstler eine ungeheure Bereicherung meines, letztlich unser aller Lebens. Ich danke ihnen dafür in großer Liebe und mit viel Respekt. Ihrer sind immer weniger in Österreich.

* * *

Wenn ich an meinen brüderlichen Freund Guido Wieland denke, assoziiere ich unendlich viele und durchwegs sympathische Erinnerungen. Guido war nicht nur ein (lange nicht als solcher erkannter) wichtiger Schauspieler, er war ein sensibler, ein höchst geistvoller, stets einfühlsamer Mensch, für den Toleranz, Humanität und Liberalität immanente Selbstverständlichkeiten waren. Dass er all das nicht mehr sein darf, tut uns weh.
Guido, wir bleiben dir nahe.

Mehr als nur ein guter Onkel

Ich denke oft an Guido Wieland, den man mitunter und zu billig als den „guten Onkel der Nation“ verkauft hat. Guido ging aus diesem Leben unter großen Schmerzen weg, mit unendlicher Traurigkeit im Herzen. Und als er tot war, wurde uns gewiss, wie sehr er uns allein gelassen hat. Doch wenig später schon, wie sehr er in uns lebendig blieb. Guido Wieland war natürlich *auch* der liebe Onkel, in den legendären Radio- und Fernsehfamilien ebenso wie im wöchentlichen TV-Stegreifspiel „Die liebe Familie“. Der unsagbar wandelbare Schauspieler, ein Komödiant im besten Wortsinn, blieb ein ewig Suchender, ein lachender Schmerzensmann, skurril, verrückt, boshaft, gescheit, liebenswert und – überaus zärtlich.
Guido hatte viele hundert Gesichter und *ein* einziges großes Herz, das für sein Land, seine Ideale und seinen Beruf (der ihm stets Berufung war) schlug. Stets zuerst mit sich selbst unzufrieden, war Guido die Disziplin in Person, war korrekt und verlässlich, war abergläubisch bis zum Kindischsein und gläubig, wie es nur selten ein Kind ist. Er war das personifizierte Theater österreichischer Prägung, war ein Typ, der fast ausgestorben ist – in Sprache, Gestus und Lebensart.
Dass er manche Erscheinungsformen in der so genannten Wiener Theaterszene nicht schmecken konnte, war unübersehbar. Er hasste nie, aber er verachtete. Ich kenne einige Namen, die man in seiner Gegenwart besser nicht aussprach, aber auch ich werde sie hier nicht nennen. Sonst blickt er vielleicht missbilligend von oben herab, und das will ich ihm und mir ersparen.

Wieder ein brüderlicher Freund weniger, wieder einer droben, einer, der im himmlischen Theater weiterspielen wird.
Auf Wiedersehen dort, Guido!

* * *

Er war während des Zweiten Weltkriegs Student am Wiener Max-Reinhardt-Seminar gewesen, ehe sie ihn in den allerletzten Kampftagen an die Front schickten – als hätte er da noch was retten können. Walter Davy gewann den sinnlosen Krieg nicht, er verlor ein Bein.
Und dennoch, er blieb beim Theater, wurde erfolgreicher Regisseur, wurde – Sie erinnern sich etwa an Peter Patzaks „Kottan ermittelt"? – ein eindrucksvoller Darsteller. Zu einem nicht ganz runden Geburtstag schrieb ich ihm folgenden runden Brief …

Lieber Walter Davy,

„endlich", sage ich jede Nacht, wenn ich meinen Kopf ins Kissen drücke und das Licht abdrehe, „endlich!"
Das Wort „ENDLICH!" sollen, wie du mir, lieber Walter, einmal verraten hast, einst die Friedhofsgänger auf deinem Grabstein lesen. Das halte ich für eine gute Idee, *endlich* eine gute Idee.
Ab jetzt, du bist siebzig, lieber Walter, darfst du hin und wieder ans Abkratzen denken. Aber nur hin und wieder. Zuvor, bitte ich dich, feiere noch einige Jahre hintereinander jeweils konsequent deinen Siebziger. Immer wieder.
Ich konnte bei deinem Geburtstagsfest nicht dabei

sein – du weißt, ich bin zwar nur fünf Jahre älter als du, hatte aber Vorstellung, und der Schnee ... In Gedanken aber war ich bei dir und den Freunden. Ich hab gedacht: Jetzt feiern sie ihn, den Mutigen, den Tapferen, den oft Enttäuschten, der so viel für die Kultur dieses Landes und der Stadt Wien getan hat. Im Sender Rot-Weiß-Rot, gleich nach dem Krieg, als Fernsehpionier, als Regisseur, als Schauspieler, als Autor; und du warst darüber hinaus für viele – mich eingeschlossen – stets ein wichtiger Freund.

Du hast, auf deine Krücken gestützt, so scheint es mir, mit deinem einen Bein zweimal die Erde umkreist, so viel bist du herumgerannt im Dienste Thaliens. Wir haben zusammen die „Maghrebinischen Geschichten" gemacht und Tamares „Leinen aus Irland", auch eine turbulente Komödie mit Marika Rökk und Ernst Waldbrunn. Und es war immer lustig und gescheit.

Aber am lustigsten, am gescheitesten, am menschlichsten war es zwischen uns stets, wenn wir nur getratscht haben, im Auto sitzend, im Kaffeehaus, jeweils stundenlang. Erinnerst du dich, wie wir im „Frauenhuber" waren, im „Sperl"? Damals hatten wir noch Ideale, und ich trau mich zu wetten, du hast sie heute noch, und dazu gratuliere ich dir. Bleibe ein freier Geist, ohne ein Freigeist zu sein, und gewöhne dir bitte ab, mit verstellter Stimme unter falschem Namen anzurufen. Erspare es mir, immer wieder drauf hereinzufallen oder auch nur so tun zu müssen, als ob ich es täte. Jetzt bist du doch schon aus den Kinderschuhen heraußen, und wir, deine Opfer, sind auch nicht mehr ganz frisch.

Versprich mir, dass du noch lange nicht dein *End-*

lich in eine Grabplatte meißeln lässt. Seit dem Hingang unseres Freundes Jörg Mauthe sind es wenige geworden, die noch die Fahne der freien Meinungsäußerung hochhalten – denn Chuzpe, hast du einmal gesagt, hat mit Meinung nicht allzu viel zu tun. Also, Walter, sei weiterhin ein Fels im Meer der Langweiligen, ärgere selbst mich weiter, denn auch deshalb lieben wir dich. Und das bis mindestens hundertzwanzig.
PS: Natürlich weiß ich, dass du nicht den siebzigsten, sondern den zweiundsiebzigsten Geburtstag gefeiert hast. Die zwei Jahre, die ich dich jünger gemacht habe, sind, so wie dieser Brief, mein Geburtstagsgeschenk.

* * *

Keiner, der ihm auch nur einen Augenblick begegnet ist, kann ihn je wieder vergessen. Giorgio Strehler war ein Jahrhundertkünstler, mehr noch – ein Jahrhundertmensch. Er hat mit seinem kleinen Theater in Mailand jahrzehntelang bewiesen, wie groß, wie wichtig, wie unverzichtbar Theater sein kann.

Strahlender Strehler

Der Heilige Abend des Jahres 1997 war der letzte seines Lebens. Der Sohn eines österreichischen Vaters und einer italienischen Mutter, der Direktor des großen kleinen Theaters, ist von uns gegangen. Er wird, wie der einzige mit ihm vergleichbare Regisseur, Max Reinhardt, trotzdem ewig bei uns bleiben. Der Ära Strehler wurden und werden (wie früher auch jener Reinhardts) von manchen Lemuren

Leerlauf, Hässlichkeit und Anmaßung vorgeworfen. Aber die Wissenden wissen: Es gibt nichts, was sich vergleichen ließe mit dem, was Giorgio Strehler wollte und – das ist das Erstaunenswerte – stets auch erreichte. Mit ihm starb ein Theater, das schön sein durfte. Keine Selbstbeweihräucherung, keine Auslagendekorationen, kein blutleeres Arrangement. Dekoration, Licht und Farbe dienten dem Werk und den Schauspielern, nicht sich selbst und ihren Kreatoren. Strehler ließ menschliches, verständliches Theater spielen, das sogar im Schmerz noch glücklich machte. Wer wird uns jemals wieder einen „Diener zweier Herren" oder „Baruffe Chiozzotte" zeigen und erleben lassen. Mit Strehler ist Goldoni zum zweiten Mal gestorben.

Ich habe ihn seinerzeit in Salzburg sein „Spiel der Mächtigen" probieren sehen. Er ging vor Michael Heltau her – ein König, der zeigt, wie man schreitet. Siegfried Lowitz, Karl Paryla, Helene Thimig, ich selber: wir saßen staunend und voller Demut im Zuschauerraum. Bis Paryla plötzlich aufstand, auf seine Armbanduhr blickte und lachend raunzte: „Basta. Sindacato. Gewerkschaft!!"

Strehler brach ab, verkündete die Mittagspause. Der Antifaschist und Abgeordnete der PSI achtete die Regeln der Gewerkschaft.

Zehn Minuten später – die Bühne war leer – marschierte er droben abermals auf und ab, Heltau hinter ihm, Zepter und Reichsapfel in den Händen. Ein König. Mittagspause à la Giorgio, trotz Sindacato, Basta und Paryla. Bei der Premiere sah ich die Szene präzise so, wie sie geprobt worden war, stark und eindringlich und dabei wie beiläufig.

Man hat dem Maestro oft das Burgtheater angeboten.

Er hat es nicht gewollt. Warum? Zu viel Bürokratie? Ich weiß es nicht, aber ich bin sicher: Wäre er nach Wien gekommen, als Burgtheaterdirektor, mit all seiner Klugheit und all seinem Charme, seiner Menschlichkeit, seinem Humor und seiner Kunst, er hätte uns viel Grausiges erspart. Er war kein Schreier, er war ein Könner, der sich zum Handwerk bekannte, der Schmutz und Gemeinheit scheute und der einer politischen Idee diente, die Menschenliebe heißt.
Er ist von Lugano über sein Mailand nach Triest heimgekehrt. Dort, wo er aufwuchs, sein Triestiner Österreichisch lernte und zum ersten Mal einen Reinhardt'schen Sommernachtstraum sah, mit Glühwürmchen, die er und andere Jugendliche fingen und die sich flimmernd als Titanias Leuchten in den Himmel hoben.
Danke, Giorgio, Sie haben nie piccolo teatro gemacht, weil Sie in Ihrer Zeit der Größte waren.

* * *

Es gibt viele Menschen, die man im ersten Augenblick durchschaut und einschätzen kann. Bisweilen stellt sich heraus, dass man sich ein wenig oder auch sehr geirrt hat. Und dann gibt es wieder Menschen, die man ein ganzes Leben lang kennt, deren großes Können man einzuschätzen weiß und von denen man eigentlich darüber hinaus nichts Weiteres erwartet, weil man meint, sowieso schon das Ganze zu kennen. Irrtum, alter Muliar. Denk an deine völlig neue Begegnung mit der …

... berühmten Stimme, die mich mehr als überraschte

Seit Jahren staune ich, wie verschieden und auf wie viele Arten man Vortragsabende gestalten kann. Das hängt nicht nur von einer „berühmten" Stimme ab. Da spielen Temperament, Lebenserfahrung, Komödiantik und die Auffassung von Witz eine große Rolle. Albin Skoda, Maria Eis, Raoul Aslan haben glänzend rezitiert, Richard Eybner und Blanka Glossy haben dabei auch gesungen, und Oskar Werner spielte rezitierend Welttheater.

Und heute? Es sind unser nicht viele, die dieses Geschäft betreiben, aber die, die es tun, sind ausgebuffte Routiniers der Branche. Otto Schenk, Karlheinz Hackl, Heinz Marecek, Heinz Holecek und andere -ceks; Robert Meyer, Herwig Seeböck. Nein, Damen gibt es wenige in unserem Clan. Die Elfriede Ott (natürlich), die Dolores Schmidinger, die Erika Pluhar – aber da ist schon viel Musik und Gesang dabei.

In dieser Fast-Männerdomäne hat sich jetzt eine besondere Frau, eine hinreißende Künstlerin etabliert: die große Inge Konradi. Nach langem Zögern und „Ich mag net" hat sie – irgendwer muss es gewesen sein – doch jemand dazu überredet, und so stand sie dann eines Tages im Theater „Akzent" zum ersten Mal als Vortragskünstlerin auf der Bühne, las, spielte, heulte und lachte Gedichte von Trude Marzik. Ganz recht, ausschließlich Marzik.

Die Konradi liest nicht, sie malt kleine, zauberhafte Bilder. Pointilismus der Sprache würde ich dazu sagen. Wenig Gestik, wenig Stimme, viel Dialekt und viel alles durchleuchtendes Wissen. Groß, ganz groß.

Das Publikum geht mit, lacht, weint, applaudiert, ist begeistert. Ein weiteres Mal in einem einzigen Leben: A star was born. Ich kann den Kollegen am Lesepult nur raten: Strengt euch an, Burschen, da ist eine starke Konkurrenz ins Licht getreten.
Im Auto auf dem Weg nach Hause überdenke ich den Abend, bleibe beeindruckt, bin glücklich und sage immer so vor mich hin: „Und so was spielt in Wien nicht Theater. Ihre Burg lässt sie links liegen." Eine Schande, eine Kulturschande, und ein Verrat an unserem Theater.

* * *

Unter besonderen Konstellationen werden berühmte Schriftsteller zu Symbolen einer Zeit: Thomas Mann war Symbol des deutschen Großbürgertums, Brecht jenes der Intelligenzia des Proletariats. Und Ernst Jünger, der im Sommer 1999 einhundertvierjährig verstarb, verkörperte das nationale, das soldatische, das Junker-Deutschland.

Junkers Freud, Junkers Leid

Ich bin im Jahre 1919 zur Welt gekommen. Fünfundzwanzig war damals Ernst Jünger, als er, aus „Stahlgewittern" heimgekehrt, an der Dolchstoßlegende arbeitete, die den Grundstock für neue Gewitter aus Stahl bildete, denen er von „Marmorklippen" aus zusah. Mit fünfzehn habe ich sein Kriegsepos verschlungen, rotohrig, angespannt und empfänglich.
Ich erzählte meinen Eltern von der Lektüre, von dem Eindruck, den sie auf meine Schulfreunde und

mich gemacht hatte. Die kluge Mutter antwortete nicht, fragte nicht, diskutierte nicht. Nur, als ich abends ins Bett ging, lag neben Ernst Jüngers Buch auf einmal „Im Westen nichts Neues“ von Erich Maria Remarque.

Ich war zu neu in der Gemeinschaft der Leseratten, als dass ich mir ein literarisches Urteil hätte bilden können. Aber ich konnte – schon damals – Inhalte vergleichen. Ich habe Glück gehabt – Remarques Antiheld war mir von Anfang an sympathischer als die schnittigen Preußen-Offiziere des Junkers aus Heidelberg.

Die einbeinigen, zerschossenen Gymnasiasten des Herrn Remarque haben meine Einstellung zu Krieg, Sieg und Niederlage nachhaltiger geprägt, und darüber freue ich mich noch heute, nachdem auch ich in „Stahlgewitter“ gekommen war und an Originalschauplätzen Vergleiche anstellen konnte.

Ernst Jünger starb beweihräuchert und hoch geehrt, wurde schon zu Lebzeiten glorifiziert. Zwei Generationen sind von ihm beeinflusst worden; und gar mancher steht heute noch zu seinen Thesen. Ich habe mich da rausgehalten, denn dem Bannerträger des Junkertums und der Kriegsbegeisterung ist solche hohe Ehre nicht zu gönnen.

Ich höre schon das Entschuldigungs-Gesäusel: „Auch Nietzsche, selbst Wagner wurde von den Mordgesellen benützt.“ Mag ja sein. Allerdings keiner mit so viel Berechtigung wie Jünger.

Ich gehe in meine Bibliothek: Da muss doch irgendwo das „Stahlgewitter“ herumliegen. Da! Ich greife danach; meine Hand rutscht unwillkürlich nach links, ich habe ein anderes Kriegsbuch in Händen: Plievier, „Stalingrad“. Ohne Jünger und seine Jünger wäre es vielleicht nie geschrieben worden, was ich gar nicht bedauern würde.

* * *

In meinem Leben spielen, wie wahrscheinlich in unser aller Dasein, Begegnungen mit Menschen die wesentliche Rolle: Ich habe an und von ihnen unendlich viel gelernt, besonders von jenen, die mein Leben über kürzere oder längere Zeit begleitet haben, aber mitunter auch von jenen, denen ich nur für Augenblicke nahe war.
Und bisweilen gab es auch wortlose, mich lange Zeit nachdenklich machende Begegnungen wie jene in einer Wiener U-Bahn.

Frau Namenlos mit Schicksal

Im Titel dieses Abschnitts habe ich versprochen, hier auch über „*andere* Leut" als nur über Schauspieler und andere Künstler zu berichten: Ich tu das mit trauriger Freude.
In der U-Bahn ist sie mir gegenübergesessen. Hübsch war sie, nicht ganz nüchtern, und ein bisschen verweint. Die üblichen blauen Hosen, ein langer Strickpullover, ein Ballonseidenjäckchen oder so was. Die Haare dicht und ungekämmt, die Hände fleischig, die Finger kurznagelig.
„Ich hab g'spielt", sagte sie zu ihrem Begleiter, „auf Kredit, mit zwei Giftlern, zwölf Hunderter, weißt eh, was passiert, wann ich net zahl ... Hast du ...?"
„Na, ich hab nix."
„Mir ist schlecht. Kein Wunder."
Ende des Dialogs.

Ich trau mich nicht hinzuschauen, blicke an ihrem Gesicht vorbei, habe Mitleid und spüre zugleich Wut und Zorn aufsteigen. Zwölf Hunderter, eintausendzweihundert Schilling Schulden, bis morgen!
Ist das ernst gemeint, kann das so ein junger Mensch? Natürlich, auch ich hab zwei-, dreimal (sechzehn war ich) in die Geldtasche meiner Mutter gegriffen. Den Grund des Diebstahls verrate ich noch heute niemandem – was Sie denken, wird schon stimmen, aber ich schäme mich noch immer.
Ich blicke auf ihre Hände, Silberringelchen trägt sie, ebensolche, wie sie jene fahrige Lehrerin getragen hatte, der ich bei der Hinfahrt gegenübersaß. Die war laut, nervös und bekämpfte ihren Juckreiz durch ständiges Kratzen an allen Körperteilen.
Zwei junge Frauen, leider nicht nur in gleichen Hosen, sondern anscheinend auch in gleicher Lage; die eine mehr, die andere weniger, aber gefährdet beide.
Wieder zurück mit dem Blick. Sie nickt ein, rülpst leise, stöhnt. Sie hat Schweiß auf der Stirn. Die Hände verkrampfen sich ineinander.
Kann ich helfen, soll ich, muss ich?
Jetzt, lange danach, wieder an meinem Schreibtisch sitzend, überlege ich: Hätte ich sie nicht doch ansprechen sollen? Hatte ich vielleicht nur Angst, für einen senilen Grapscher gehalten zu werden?
So gar nichts getan zu haben, das bedrückt mich. Gedanken über Gedanken …
Draußen auf der winterlichen Straße laufen Rekruten, so genannte Jungmänner, vorbei. Von Altmännern angefeuert, singen sie ungeistvolle Lieder: „Links, zwo, drei, vier, Papa und Mama liegen im Bett, da sagt die Mama, sei doch so nett."

Schauderhaft, geistige Landesverteidigung kann das wohl nicht sein.
Wenn die Sprache verkommt, der Ausbildungsgeist noch primitiver wird, woher sollen die jungen Leute dann noch ihre Vorbilder nehmen? Die Schule, die Eltern, nein, sie sind nicht allein schuld. Der Zeitgeist, das faule Überfressensein, die Trägheit der Gesellschaft sind es, die sich so verheerend auswirken. Auch meine Trägheit ist verdammenswürdig.
Nächstes Mal werde ich mit der mir gegenübersitzenden Frau sprechen, selbst auf die Gefahr hin … Na, wird schon gut gehen. Links, zwo, drei, vier …

* * *

Nein, Hunde sind nicht nur andere Leut. Hunde sind Menschen ohne die charakterlichen Schattenseiten des Homo, der sich als sapiens ausgibt … Hunde waren zeitlebens nicht nur meine treuen Weggefährten, sie waren in guten und bösen Stunden stets auch verstehende und verständige Gesprächspartner.
Ich gebe es bereitwillig zu: Ich bin schon immer gern auf den Hund gekommen.

Offener Brief an Berni

Mein lieber Berni! Du bist heute früh ein bisschen abrupt aufgewacht und hast gebellt. Es wird dich irgendetwas nervös gemacht haben, aber ich bin sehr erschrocken, wie du so in die Luft gesprungen bist. Mach das bitte nicht mehr, in meinem Alter hält man solche Adrenalinstöße nur schwer aus. Du weißt, ich lass dich, sehr zum Ärger des Frauerls und

trotz Nichtverstehens anderer Personen, gern neben mir schlafen, teile sozusagen das Bett mit dir, aber, Burschi, da musst du dich schon benehmen, wie es sich gehört. Ich hab nichts dagegen, dass du mit nassen Pfoten (Fusserln, hätt ich bald geschrieben) auf meinem Leintuch herumsteigst, dass du meinen Kopfpolster als Liegestatt benützt – aber bitte: erschreck mich nicht! Ich bin dir dankbar, dass du gut aufpasst, aber bei jedem Knackser in der Zentralheizung loszubellen, das finde ich übertrieben.
Am Heiligen Abend waren es drei Jahre, dass dich der Xandi aus dem Tierheim geholt und dich zu mir gebracht hat. Als schwarzes Weihnachtsengerl mit weißen Flecken sozusagen.
Das war wunderbar und der Beginn einer Freundschaft, nein, der Beginn von Liebe und Zuneigung. Auch für Mami, die mit dir sehr viel Arbeit hat (mehr als ich, das geb ich zu, aber sie ist ja auch um zehn Jahre jünger). Nun ist wieder ein Jahr herum und du erträgst die Silvesterknallerei heroisch. Glaub mir, ich kann nichts dafür, dass es noch immer so kracht – die Deppen wollen anscheinend wenigstens akustisch einen Krieg erleben. Und du, mein kleiner Held, fürchtest dich nur mäßig. Brav! Würdest ein Extrawürstel bekommen, wenn nicht die Gefahr bestünde, dass du zu dick wirst. Na ja, du rennst zu wenig; kein Wunder, wenn man ein so altes Herrl hat, das sich immer davor fürchtet, dass du es zu Boden reißt. Nicht schau mich so an! Du erinnerst dich sehr genau, wie ich damals hilflos und bäuchlings auf dem Boden lag.
Und was sagst du zum neuen Jahr? Was, glaubst du, wird sich auf der politischen Bühne abspielen? Was? Aus der Hundeperspektive soll man das nicht beur-

teilen können?! Was glaubst du, aus welcher Perspektive die Menschen in unserem Land die Welt betrachten! Da möchtest dich wundern, mein lieber, kleiner Freund. Perspektivisch ist da nicht viel Unterschied.

Nein, bell nicht sinnlos. Sie verstehen dich eh nicht ...

… aus dem Tagebuch eines reisenden Schauspielers

Reisen bildet. Bildet Reisen? Vielleicht, wenn man alle seine Sinne beisammen hat und sie zum rechten Zeitpunkt auch nutzt.
Abgesehen von den Reisen nach Russland und Italien, die ich kriegerisch bedingt in gefährlicher und gefährdeter Mission auf Befehl auszuführen hatte, brachte es mein Schauspielerleben mit sich, Theater spielend, vortragend und vorlesend, oft auch filmend, zwischendurch selbstverständlich auch privat, weltweit unterwegs zu sein. Kein Kontinent, den ich da ausgelassen hätte. Im Folgenden ein paar kleine Reflexionen, dic in meiner Seele Nischen der Erinnerung geschaffen haben. Einige von vielen. Für jemanden wie mich, dem das „nordische Phantom" zeitlebens Problem-Möglichkeiten eröffnete, ist der Süden geradezu ideales Fluchtziel.

Eine Symphonie in Licht

Es gibt zahllose Gründe dafür, warum es mich immer wieder nach Kreta zieht. Einer der wichtigsten ist jeweils *das* große Ereignis des Tages, der Sonnenaufgang, der sich im Hochsommer bald nach sechs Uhr früh ereignet. Ich sitze um diese Zeit gerne auf der Terrasse, höre dem Rauschen des Meeres zu, nehme wahr, wie es am Horizont sanft zu dämmern einsetzt.

Die Bergrücken der Nachbarinsel ragen aus den schwarz glänzenden Wogen wie schlafende Ungeheuer. Dunkles Rot, das in lindes Rosa übergeht. Nirgendwo sonst auf der mir bekannten Welt ist die Morgenröte so deutlich sichtbar und spürbar wie hier.

Und nun die Symphonie in Licht:

Erster Satz: Die Sonne kündigt sich durch zarte, helle Strahlen an.

Zweiter Satz: Hellrot taucht der Rand der wärmenden Scheibe auf.

Dritter Satz: Die Scheibe wächst mächtig empor.

Vierter Satz: Sie steigt, steigt, steigt, wird zur brennenden Hostie, steht endlich am Himmel da: „Es werde Licht." Die Klänge aus Haydns „Schöpfung" dröhnen im inneren Ohr. Machtvoller Klang, schön und erhebend, Schauer prickeln über den Rücken.

Einer jener Augenblicke im Dasein, in denen ich das Bedürfnis habe, niederzuknien und der Schöpfung, dem Schöpfer, demütig DANKE zu sagen.

Langsam breiten sich Ruhe und Wärme über den Wassern aus. Die Angst der Alten, die Sonne könnte eines Tages nicht mehr aus dem Meere auftauchen, erwies sich auch heute wieder als unbegründet.

Ich liebe es, nach solch einem Frühstück auf Forschungsreise zu gehen, will auch hier das Land und die Leute sehen, kennen lernen. In einem sympathischen Dreihäuserdorf begegne ich einem freundlichen Alten, der kretische Hirtenstäbe biegt und Holzlöffel schnitzt. Weißhaarig, unrasiert, trägt er das schwarze Kopftuch der Kreter, dazu schwarzes Hemd, dunkle Hosen. Ist er älter als ich? Ich kann es nicht abschätzen. Fragen? Vielleicht morgen, wenn ich wiederkehre, um seine Marillen zu kosten.

Der Gastwirt sitzt allein im Lokal auf seinem blauen Sessel, trinkt Kaffee: In einer Stunde erst kommen Gäste, bleiben dann lange, manchmal den ganzen Tag.

Autobremsen quietschen gelegentlich, hin und wieder reitet ein Mann auf seinem Esel vorüber. Ich trinke noch eine Schale griechischen Kaffees; wer „türkischen" sagt, wird nicht bedient. Auch hier die schöne Sitte wie in Wien: Vor dem Kaffee trinkt man zum Spülen des Mundes ein Glas Wasser.

Ich gehe, ehe es heiß wird, schwimmen. Dann lesen, schreiben, faul sein. Urlaub, hat einst der kluge Herr Papa gesagt, ist nur dann erholsam, wenn einem langweilig ist. Aber wer will das, in unserer gehetzten Zeit? Wer – außer mir?

Erlebenswert die Gäste: schwergewichtige Amis; stille, gurgelnd redende Schweizer; laute, flotte Italiener; ein paar Österreicher, Tschechen und Holländer, auch ein paar Deutsche: freundlich und höflich. Sie alle werden von den Kretern verwöhnt.

Ich halte mich zurück, um nicht rückwärts denken zu müssen. Über fünfzig Jahre ist es her, dass deutsche Truppen Kreta besetzt und drakonisch verwaltet haben. Und heute? Man besucht einander, ist nett, wird gut behandelt. Verstellung? Oder wächst nicht nur Gras über alte Geschichten, sondern Europa auch zusammen? Man steht hier, immerhin ist es die Insel des Zeus, auf dem Standpunkt: Der Zweite Welt-

krieg war ein *Welt*krieg und daher nicht a priori gegen Griechenland gerichtet. Man kann sich geschicktere Formulierungen ausdenken, doch diese wird akzeptiert. Jedenfalls solange das Geschäft blüht.
Kreta: Aus der Dämmerung meines Bewusstseins tauchen die früh gelesenen Erzählungen Homers auf; ich hätte ihn noch lieber verschlungen, damals, wäre ich schon als junger Mensch in diesem Land gewesen. Da hätte ich den Redner, den Dulder Odysseus, noch mehr geliebt, hätte den dummen Kriegsgott Ares noch mehr verachtet.
Erst hier begreift man, warum es die Menschen des Nordens stets nach dem Süden gezogen hat. Vielleicht entsprang sogar die Eroberungssucht der Leute aus Europas Norden mehr der Drang hin zum gleißenden Licht, zur Wärme der Sonne, die rot schimmernd täglich hinter den Bergen Kretas aufsteigt …
Wer weiß? Verstehen könnte ich es gut ….

* * *

Es ist falsch zu sagen, dass ich frankophil bin; nein, ich bin frankomanisch. Das Liebesabenteuer Frankreich hat mich mehr als beeinflusst, es war eine meiner wesentlichen Prägungen. Selbstverständlich tut das meiner nicht nur tief empfundenen, sondern bewusst auch ständig zur Schau getragenen Liebe zu Österreich keinerlei Abbruch. Sagen Sie jetzt nicht, Österreich ist halt seine Frau und Frankreich seine Geliebte! Warum eigentlich nicht? Ich habe nicht – wie Raimunds Habakuk – nachgezählt, wie oft in meinem Leben ich in Paris gewesen bin. Aber eines weiß ich: Ich habe mich dort immer sehr wohl gefühlt. Und bisweilen war ich dort auch glücklich.

Die leuchtende Stadt

Da *spielt* eine Großstadt nicht Metropole, Paris *ist* eine. Vom faszinierenden Zentrum um die Place de la Concorde herum bis zur Étoile auf der einen Seite, auf der anderen bis zur Opéra und zu den großen Warenhäusern, über die neue, gigantische Défense hinaus bis hinüber in die Arbeitersiedlungen. Mein Paris!

Mit der Défense – sie ist ein Block, ein Bild, eine Idee aus Stein, Ziegel, Metall und Glas – betritt man nicht das nächste Jahrhundert, nein, man fährt mit der Rolltreppe von der Metrostation direkt in die Zukunftswelt eines anderen Planeten. Und doch ist es kein Film, die Kugel, die Grande Arche, die direkt – durch einen breiten Boulevard mit ihm verbunden – dem Arc de Triomphe gegenübersteht. Zwei Jahrhunderte, zwei Welten – ein Paris.

Ich war innerhalb der vergangenen sechzig Jahre oft in dieser bewundernswerten Stadt, erst unfreiwillig und dennoch gern, in der Folge aus freiem Willen und mit größtem Vergnügen. Jetzt denke ich konkret an den Dezember 1993. Die Kälte hatte die Pariser unvorbereitet erwischt. Mit hochgezogenen Schultern, das Kinn tief in den Wollschal versenkt, so marschierten sie unwillig durch die Straßen. Fest eingemummt die Damen, die aber trotz des Frostes ihre meist hübschen, dünn bestrumpften Beine zeigten. Die Röckchen kurz, die Schuhe zart. Man ist sich eben seiner Attraktivität bewusst.

Bewunderswert diese Menschen, wie die Seine-Stadt überhaupt. Für viele Millionen Francs wurde kürzlich der neue Louvre fertiggestellt, für viel Geld die Sensationsausstellung Barnes im Musée d'Orsay un-

tergebracht. Renoir, Cézanne, Monet, Manet, Matisse und viele, viele andere. Zu viel für einen Zwei-Stunden-Besuch.
Am Abend: Vortrag im Österreichischen Kulturinstitut, bummvoll, viel Prominenz, alte Bekannte, Gäste, Freunde unseres Landes und viel, viel Jugend. Wohl bekleidet und mindestens dreisprachig. Ein Vergnügen. Und erst die anwesenden Ungarn: ein Kaffeehaus, für das ich Literatur liefere, Kaffeehausliteratur eben. Austern hier so wie Würstel beim Wiener Würstelstand.
Das Hotel in der ersten Nacht eher eine Eskimobleibe. „Oui, die Kälte draußen, Monsieur!“ No na, was sonst?
Ich trinke Kaffee bei Verlet wie vor vierzig Jahren, rieche den frisch importierten Tee, träume von längst vergangenen Tagen.
In der Rue Saint-Honoré haben sich die Japaner eingenistet – Tokios Ginza, verkleinert in Paris. Zwischen Sushi und Suppenläden wieseln und wuseln Franzosen aller Hautfarben, schwarz, gelb, weiß. Algerier plaudern laut und selbstbewusst. Senegalesen singen leise vor sich hin. Aber alles in der Sprache der Grande Nation, die noch immer eine solche ist. Selbstbewusst, ein wenig arrogant, patriotisch, prunksüchtig, traditionsverbunden.
Paris prunkt in der Adventzeit; nicht so gemütlich wie Wien, nicht so duftend wie Nürnberg, aber so strahlend, wie dies eben nur Paris kann. Licht, Licht, Licht, bis tief in die Nacht hinein. Aber dann wird es plötzlich finster, und das sehr. Macht nichts, man ist im Winter wenigstens unter sich und fühlt sich sicher.
Was will man mehr? Austernzeit ist, die Fines de

Claires sind tief und schmecken nach Meer und mehr.
Sympathisch: Den 50-Francs-Schein zieren Antoine de Saint-Exupéry und sein kleiner Prinz, und nicht das Gesicht irgendeines Politikers. Ein Volk ohne Sorgen also? Nein. Nur eines, das mit den Sorgen besser umzugehen versteht, als dies anderswo üblich ist.

* * *

An der Vernunft von Völkern und deren Leitfiguren zu (ver-)zweifeln, wird mir mit zunehmender Lebenserfahrung selbstverständlicher. Diese Umstände sind am Beispiel armer, fragwürdig geführter Länder leichter zu durchschauen, evidenter und einfacher sichtbar zu machen. Im Jahre 1992 stand selbst die nähere Zukunft der Slowakei in den Sternen. Trennung von den feindschaftlichen Brüdern, den Tschechen, Bildung eines eigenen (nationalen) Nationalstaates, Abschütteln des immer noch dräuenden kommunistischen Jochs – demokratisierte Politik unter Führung vieler Altkommunisten ... Dazu kam die geradezu traditionelle Armut der zumeist ländlichen slowakischen Bevölkerung. Von armen Nachbarn, davon versteh ich was.

Es begann mit einem großen Irrtum ...

Jeder, der wie ich einen lehrreichen Ausflug in die Slowakei unternehmen will, sollte sich vor Beginn der Reise vorbereiten oder wenigstens beraten lassen, wo Wichtiges zu besuchen, zu besichtigen ist. Ich hatte diesbezüglich keinerlei Schwierigkeiten,

denn der Zufall machte mich mit einer in Bonn lebenden gebürtigen Preßburgerin bekannt, die wichtige Exkursions-Tipps nur so aus dem Ärmel schüttelte. Sie hatte einen meiner Vortragsabende besucht, war offensichtlich davon sehr angetan und wollte sich revanchieren. Also dirigierte sie mich nach Levoča (das ehemalige Leutschau), das in der wunderbaren Landschaft Zips – jetzt Spiš – liegt.
Aber beginnen wir am Anfang, beim großen Irrtum, der mich glauben ließ, man könne die Tatra von Wien aus per Auto in drei, vier Stunden erreichen. Ganze sieben sind es geworden!
Wir fuhren erst über die fruchtbare Ebene zwischen Bratislava und Pistyan, dann weiter durchs Waag-Tal und über Hügel und durch Täler bis zu unserem Ziel Stary-Smokovec, dem ehemaligen Alt-Schmecks. Das ist ein semmeringähnliches Gebiet, mit ein paar neuen – eher hässlichen – und anderen, etwa hundert Jahre alten, sehr hübschen Hotels. Das Einbettzimmer mit Bad und WC, dazu ein großes, abwechslungsreiches Frühstücksbuffet um 450 österreichische Schilling – rund sechzig Deutsche Mark: Alt-Habsburg ließ grüßen.
Im Ort gibt es, so wurde mir nicht ohne Stolz berichtet, die letzte Einsiedlerausbildungsstätte Europas, die – so stelle ich mir das halt vor – nach zweijährigen Exerzitien mit dem international gültigen Eremitendiplom abgeschlossen werden kann. Dass hier ausgediente Staatseremiten (Dr. erem. emer. = emeritierter Eremiten-Doktor) als Dozenten wirken, halte ich für ein von der slowakischen Fremdenverkehrswirtschaft ausgestreutes Gerücht, obwohl gerade hier viele hochelegante Autos mit Wiener Nummern zu registrieren waren.

Erster Tag: Hinauf auf einen der Tatragipfel, per Seilbahn natürlich, und das nach stundenlangem Anstellen. Oben ein Blitz-und-Donner-Wetter, Regen und Sturm. Und wieder hinunter, in die gleißende Hitze. Hab schon mehr gelacht …
Am folgenden Tag allerdings – oh ja! Spišská Nová Ves – eine reizende alte Stadt mit bezaubernden Barock- und Renaissancehäusern, einem großen Theater (das war Kultur!) und einem wunderbaren Hauptplatz, der sich unter dem Grün riesiger Bäume räkelt. Fünfzehn Kilometer weiter, hoch auf einem Berg, Spišský Hrad, eine slowakische Gralsburg. Im Tal das Dorf, ein paar Häuser, ein renoviertes Kloster und eine verfallene Synagoge. Auch hier wurde eine Kultur ausgelöscht. Doch – wie zum Trotz – liegt am Dorfende eine kleine Zigeunersiedlung, in der bildhübsche Kinder herumtollen.
Roma, Sinti? Wer weiß, und wozu?
Rückfahrt über Göllnitz und Schmöllnitz, wo noch ein paar Leute, die die schreckliche Austreibung überstanden haben, das uralte Zipserdeutsch sprechen.
Kulturen, die einst einander befruchteten, sind heute verschwunden, sehr zum Nachteil der Region. Niemand hat daraus gelernt. Nationalismus ist wieder en vogue, es wird vertrieben, geplündert. Statt jedoch die Herren Hitler, Hehnlein, Hlinka und Konsorten als Urheber des Rassenwahns anzuprangern, tauchen Bilder Tisos, Pavelics und Szálasis auf, werden Hände zum Römergruß hochgereckt und längst verstaubte Parolen gebrüllt. Das noch nicht einmal vereinte Europa zerfällt wie ein zu Boden geworfenes Puzzlespiel. Ohnmächtig schaut der Reisende auf die grandiosen Gipfel der hohen Tatra.

Die Berge scheinen das Einzige zu sein, das fest gefügt uns alle überdauern wird …

* * *

Italien, die Toskana, das große Welt atmende Venedig, ja, nennen wir in diesem Zusammenhang auch Südtirol (obwohl sich darüber, wie wir gelernt haben, streiten lässt): Ich bin mir nicht sicher, ob es richtig ist, dass „ein echter deutscher Mann“ den Franzmann nicht leiden kann, bin mir aber sicher, dass er die welschen Weine gerne trinkt … Na ja, was redet man nicht alles in Auerbachs Keller.
Goethes italienische Reise sitzt unsereinem aufgrund humanistischer Bildungserlebnisse im Nacken. Dennoch und vielleicht gerade deshalb lieben wir das Land, lieben Italien. Und lieben über alles die „Ewige Stadt“.

Urbs aeterna

Rom, Ewige Stadt, ewige Baustelle. Das heilige Jahr 2000 wirft nicht nur seinen Schatten voraus, sondern es wirbelt auch Staub auf. Überall wird verbreitert, verbessert, pressluftgebohrt, Berge werden abgetragen und aufgeschüttet. Ein Wirbel sondergleichen. Und ein babylonisches Sprachengewirr sowieso. Aber die Römer lachen und fahren in ihren alten Karren drüber oder vorbei. Kein Stress, kein Einander-Anschreien. Denn das Autofahren ist hierzulande Sport, die Straße die Slalompiste der Nation.
Ich besuchte diesmal „vor den Mauern“ das Grab Alcide De Gasperis, der mit Österreichs Außenminister Karl Gruber Ende der Vierzigerjahre die Wei-

chen für die Autonomie Südtirols gestellt hat. Ich habe – wieder einmal in aller Demut – die mächtige Engelsburg bestaunt. Den Tiber bin ich so lange entlanggegangen, bis meine Füße nicht mehr mitgespielt haben. Carissima Roma!

An einer Ecke steht ein Ordensmann einsam und wie allein gelassen in seiner braunen Kutte mit dem weißen Strick um die Hüften da. Verloren schaut er in den tobenden Verkehr auf der Piazza S. Pantaleo. Rom ist um elf Uhr vormittags ein kreischender, pfeifender Hexenkessel. Dabei könnte dies ein Tag der Ruhe sein. Die Sonne scheint vom azurblauen Himmel, die Quecksilbersäule zeigt 24 Grad Celsius – und das mitten im Oktober. Die Bougainvilleen blühen.

Ich sitze im Schanigarten eines Cafés und schaue jenen Menschen zu, die einander zwischen San Pietro und der Piazza Navona hinschieben und herdrängen, Herbsturlauber aus aller Herren Länder, Amerikaner, weitaus stiller als vor zehn, zwanzig Jahren. Japaner huschen schnatternd über das Pflaster, ein Foto da, ein Foto dort – sie werden erst zu Hause überrascht feststellen, wo überall sie auf Euro-Trip waren. Die Spaghetti sind trocken, die Preise geschmalzen. Dabei steht die Lira tief und rutscht täglich weiter ab. Davon merken natürlich die auf der Via Veneto Gelati schleckenden Fremden nichts. Dolce far niente.

In den Nebengassen beten die Arbeiter vom Sindicato Sprechchöre herunter wie tibetanische Mönche ihr *Omani padme hum,* Streikparolen auf ihren Spruchbändern schwenkend. Die, ja die sind betroffen. Gelangweilt steht eine Unmenge von Polizisten herum. Sie kennen alle diese Sager, haben erst eine

Woche zuvor selber die Arbeit niedergelegt. Heute die Busfahrer, morgen die Fluglotsen, übermorgen die Briefträger. Jeder Streiktag kostet Millionen, das Budget ist auch hier nicht unter Dach und Fach. Wieso, fragt man sich, verlieren diese Menschen nicht die Nerven? Gewöhnung mag eine große Rolle spielen. Oder sind Römer andere Menschen?

Und kaum einer, der des Volkes Sorgen so in Kunst gießen konnte, wie es Vittorio De Sica und Fellini getan haben. Auch da eine Zäsur. Aus, vorbei. Geht es so weiter, wird es nach dem toten deutschen Film bald auch keinen italienischen Film von europäischem Format geben.

Im Petersdom besuche ich Michelangelos Pietà (die sich von Verrückten mittels einer dicken Glasplatte distanziert), blicke schaudernd auf die Silbermaske, die dem Totengesicht eines der päpstlichen Innozenze übergestülpt ist.

Eine Kerze möchte ich für *meine* Toten anzünden, keine da. Sonderbar. Ansonsten blüht doch dieser kirchliche Geschäftszweig überall. Kalt ist die Pracht des Domes, nur aus der Laterne inmitten der grandiosen Kuppel leuchten milde Strahlen, gesandt von einer gütigen Sonne. Trotzdem, oder vielleicht deshalb. Es stellt sich eine unbefangene Ruhe ein, ich setze mich nieder, mir ist nicht zum Beten, mir ist nur nach Denken zumute – an alle, die mir lieb waren, lieb geblieben sind. Die Liste derer, die es mir waren, wird immer länger; auch daran denke ich inmitten aller petersdömlichen Geschäftigkeit ...

Ich sehne mich nach einer stillen Dorfkirche in der Romagna, nach der kleinen Moschee in Jericho, der Synagoge von Eisenstadt; Stätten der Einkehr, der Besinnung, des Sich-selber-Findens.

Abends geht es dann mit Freunden nach Albano, wohin sich erholungssuchende Päpste ihr Castel Gandolfo gebaut haben; ein zweites Avignon. Wir sitzen dort bei Mortadella, bei Schweinebraten und Käse, mitgebrachten Köstlichkeiten, so wie wir es einst beim Wiener Heurigen gepflogen hatten; sitzen beim Weinprinzen von Albano: Er schenkt einen prächtigen Tropfen ein, dunkelgelb, trocken und stark. Die Römer der Cäsarenzeit haben ihn mit Wasser vermischt getrunken. Sie werden schon gewusst haben, warum.
Der Kreis hat sich geschlossen, irgendwo zwischen dem imperialen, unendlichen Rom und der menschlichen Dimension eines Weingartens in den Albaner Bergen ist das, was Menschen Glück nennen, vielleicht ein wenig leichter zu finden als anderswo.

* * *

Keine in unzähligen Menschengenerationen gewachsene Stadt der Welt lässt sich mit einer anderen vergleichen. Und dennoch: Flair kann „flairliche" Verwandtschaft haben. Prag ist unverwechselbar; jedoch mitunter blitzt da und dort etwas auf, das ein wenig an die Weltläufigkeit der Seine-Stadt erinnern mag. Aber unendlich viel mehr haben mit Slatka Praha die Metropolen der Donau-Monarchie gemeinsam – sichtlich und spürbar.

Begegnungen mit Prag und in Prag

Man ist vielleicht voreingenommen. Als Prag noch Hauptstadt der Tschechoslowakei war, zu Zeiten der Kommunisten, schien mir dort alles bedrohlich und

grau zu sein, schmutzig und abweisend. Heute, knapp ein Jahrzehnt nach dem Fall der Eisernen Vorhänge, heißt der ganze Staat anders, aus der ČSSR ist neben der slowakischen eine Česká Republika geworden. Auch wenn sich seither äußerlich nicht sehr viel verändert haben mag, mir scheint, dass auf einmal alles bunt und lebendig geworden ist, lachende Gesichter, gestikulierend diskutierende Studenten, brodelnde Gasthausgärten mit vielen jungen und alten Gesichtern. Schön. Und da wird es mir wieder bewusst: Ich sehe – wie vor 1939 – die Mannigfaltigkeit an Ähnlichkeiten zwischen Prag, Wien und Budapest.
Die alten, vielfach neu angefärbelten Häuser, die gründerzeitlich-selbstbewussten Straßenzüge, vielerlei Spielarten des Jugendstils; eigenartig, warum ist mir das alles bisher nicht aufgefallen? Wollte ich es nicht sehen? Konnte ich es noch nicht? Oder aber ist es nur ein wenig heller geworden an der Moldau? Vielleicht fahren auch mehr Autos auf den Straßen, sicherlich gibt es mehr (West-)Hotels mit Mars-Preisen, ein größeres Angebot in den Läden und Warenhäusern!
Die Menschen waren doch auch vorher freundlich, nett, vielleicht weniger als jetzt, aber doch. Waren sie ängstlicher, misstrauischer? Wer weiß das?
Prag, die Stadt Kaiser Rudolfs, Karls, die Stadt des Rabbi Löw und des Golem, die Stadt Franz Kafkas, Max Brods und Rainer Maria Rilkes – und die Stadt meiner Urgroßmutter. Zoufal haben sie geheißen, sie und ihr Mann. Waren sie Tschechen, Böhmen? Sprachen sie deutsch, tschechisch, slowakisch? Mein Gott, wer hat damals, als die Fliegen im „Kelch“ auf das Bild des Kaisers geschissen haben und der

Schwejk schwarzes Bier getrunken hat, weil man den Thronfolger in Sarajevo ermordet hat, wer hat denn damals danach gefragt?
In Konopiste haben die Herrschaften gewohnt – Franz Ferdinand mit seiner Gräfin Sophie und den Hohenberg-Buben, die so bald ohne Eltern dagestanden sind. Waisen hat man in Sarajevo aus ihnen gemacht, so wie man in allerjüngster Vergangenheit in Sarajevo Waisen aus Kindern der eigenen Stadt gemacht hat. Hass, damals wie heute.
Ich spaziere durch Prag: die Kleinseite, das Ghetto, die Karlsbrücke und das Smetana-Divadlo, das einmal „Neues Deutsches Theater“ geheißen hat. Wo weiß man das heute noch? Vielleicht in Tel Aviv zwei, drei uralte Immigranten. Die Vertreibung der einen, die Vertreibung der anderen – beides Verbrechen – nur: „ethnische Säuberung“ hat man es damals noch nicht genannt. Tote im Straßengraben, flüchtende Beraubte – all das säte Hass. Jetzt erst, mehr als fünfzig Jahre danach, denkt man an Versöhnung. Aber die Abneigung ist da, man spürt sie deutlich. Zwischen den Zeilen, und im Klartext.
Dabei sollte Europa doch endlich zusammenwachsen …

* * *

Es gibt Städte, da verlieren sich die Einwohner im Strom von hunderttausend Touristen: Bella Venezia gehört zu keiner Saison den Venezianern, die majestätische Stadt der Dogen ist gleichsam internationalisiert. Und dennoch hat Venedig seinen unendlichen ureigenen Charme behalten. Die „echten“ Venezianer findet man mit ein wenig Gespür unter Hunderten von Touristen ohne wirkliche Verwechslungsgefahr heraus; vielleicht nicht gerade an der Piazza San Marco, und auch nicht allzu oft auf der Seufzerbrücke.

Menschenfalle Venedig

Von Fremdenverkehrskrise ist nichts zu spüren, die Gassen und Plätze quellen über, unabsehbare Menschenströme strömen. Stülphut tragende Japanerinnen trippeln ergeben hinter ihren Männern drein, deren Augen sich in Fotolinsen verwandelt haben. Selbstbewusst schreiten Franzosen an bunt kostümierten Amerikanern vorbei. Deutsche und Holländer mit Kind, Kegel und Schirmmützen auf dem Haupt kämpfen sich schweißtriefend durch die Menge, ein Bild, wie Pieter Brueghel es gemalt haben könnte, der Meister der skurrilen Massenszenen.

Es zwitschert, blökt, gurrt und mundelt, dass es nur so keine Freude ist. „Sieh doch mal, Gotthold“, „regarde“, „schau eahm an, Sandra“ – aber kaum ist der Flüchtende zweimal durch ein Sottoportego gehuscht – Ruhe, Wellengeplätscher, Gondelruderschlag.

Ich genoss dieses Venedig wieder einmal an einem heißen Augusttag anno ’96. Der Campanile ist eingerüstet, der Wasserstand niedrig, die Preise wie bei gut gefüllten kommunizierenden Gefäßen hoch: Verständlich, nur Massenware braucht Dumpingpreise. Die Stadt im Meer ist eben nicht austauschbar! Auch Vaporettofahren in Dresden ist keine echte Alternative.

Ich sitze im Café Quadri; davor Massengeschiebe, wie gewohnt, wie erwartet. Im Schaufenster bei Nar-

di drüben blitzen Fünfkarater, ein paar hundert Meter weiter schaut Carlo Goldoni sarkastisch lächelnd von seinem Denkmalsockel herunter.
Im „Florian“ ist die Zeit stehen geblieben. Ist sie das nicht in ganz Venedig? Noch immer lassen sich Touristen mit Taubenschwärmen fotografieren, drängen vor dem Eingang zu San Marco ... Die Dekoration, in der die Commedia Venezia gespielt wird, bleibt unverändert.
Ich bin in meine eigene Kinder- und Jugendzeit versetzt: Da ist die Mutter gesessen, mit dem Seidentuch um die Schultern; da Papa gestanden, in weißen Hosen, Seidenhemd und Panamastrohhut. Ein ganzes Jahr lang hatten sie Groschen auf Groschen gelegt, jeden Schilling ein paar Mal umgedreht – alles für die allzu kurzen zwei Wochen Grado im Sommer, mit den drei obligaten Venedig-Nächtigungen als Abschluss. Erlebnisse kumulieren, um wieder ein schweres Arbeitsjahr bewältigen zu können.
In den Vorstädten, wo kaum Touristen hinfinden, wuchert das Elend, hocken Arbeitslose rauchend und schwatzend auf den Trümmern zerbrochener Ideale, raunzen: Nein, sie gehen nicht mehr alle Stunden, sondern nur mehr zweimal täglich auf ein voll gefülltes Glas Wein. Vor der Scuola Grande di San Rocco (mit ihren 56 herrlichen Bildern Tintorettos) bettelt ein Obdachloser; sein kleiner, süßer Hund räkelt sich in der Sonne.
Ich aber bin auf den Spuren eines anderen Venedig: sehe nach den Bildern in der Frari-Kirche, den traurigen Resten des Teatro La Fenice, suche nach den sich auf einem einzigen Platz befindlichen drei Synagogen im Ghetto Nuovo.
Ich vergesse auf diesem Weg auch nicht Murano mit

seinen Glaskünstlern, nicht die emsigen Maskenfabrikanten rund um den Rialto herum. Mit der 24-Stunden-Karte fährt ein Habitué den Canal Grande hinauf und hinunter. Da die Ca' d'Oro, dort der Palazzo Vendramin, in dem Richard Wagner starb. Tod in Venedig. Thomas Mann ist plötzlich gegenwärtig. Weiter, vorbei an der Accademia, an Harry's Bar, die Hemingway geliebt hat; unser Ernstl Waldbrunn vielleicht noch mehr …

Bunte Welt, die nach Dauer und Unvergänglichkeit schmeckt. Ich suche ein ganz bestimmtes Restaurant, in dem ich einst gut und billig gegessen habe, falle dann doch in ein anderes hinein, esse ein Fegato Veneziana, eine venezianische Leber mit Zwiebeln und Gewürzen. Der Saft ist gut, die Leber hart, sie muss von einem Trinker stammen. Ein Glas Vino rosso drauf, dennoch: nächtliches Sodbrennen.

Es ist dunkel geworden, auf den Tischen der Gaststätten flackern Kerzen, milde fällt die Dämmerung herab, endlich Stille. Jetzt erst ist die Stadt meine Stadt, mein Venedig geworden. Dort ein Bravo, hier schlurft Ahasver vorbei. Eine Maske vor dem Gesicht, eilt eine Dame aus dem Haus. Ein Trippeln, ein Trapsen, ein Degen klirrt, ein Geldstück kollert über das Pflaster. Über allem glitzern die Sterne, leuchtet der Mond. Heute habe ich keine Sehnsucht nach Wien.

* * *

Ich bin mir nicht sicher, ob man bei einem Wien Spaziergang oft genug auf den häufig gerühmten und daher auch erwarteten Wiener Charme trifft. Viel gewisser bin ich mir da, in Paris einer sehr großen Anzahl sehr schick gekleideter Damen zu begegnen.

Ohne jeden Zweifel aber weiß ich mit Bestimmtheit – in London gibt es britische Höflichkeit und ein Verhalten, das als durchaus gentlemanlike gelten kann, beinahe allerorts.

Mäßig heiter und sehr fair

Sie haben ihn nicht gekannt, den cleveren Mr. Fortnum? Und auch nicht den most worshipful Mr. Mason? Wundert mich gar nicht. Denn diese beiden Gentlemen haben vor dreihundert Jahren eines der hinreißendsten Lebensmittelgeschäfte der Welt gegründet, mitten in der City of London, gleich dort, wo der Engel seine Flügel in den Himmel über dem Piccadilly Circus streckt. Ich gebe es zu, ich esse gerne, und wenn es möglich ist, auch gerne gut. Ich kenne allerlei Wallfahrtsorte der Gaumenfreuden, von der Feinschmeckerallee im Berliner Kaufhaus des Westens bis zu Fauchon in Paris. Aber jenes in London ist für mich der absolute Gipfel. Nicht, dass es ausgefallener, exquisiter, reichhaltiger wäre, nein. Es ist etwas, was man sonst in dieser Form kaum irgendwo findet – es ist wahrhaft „gentle".
Die unsagbar höflichen Oberverkäufer schreiten im Cutaway umher, in gebügelten, gestreiften Hosen, weißen Hemden und Schuhen, die beinahe so glänzen wie die Lackstiefel der Horseguard Ihrer Majestät, der Königin. Ja, zugegeben, es wirkt alles ein wenig antiquiert, aber es hat Charme und vor allem Stil, wie übrigens – und darauf wollte ich hinaus – auch die Kleidung der Leute auf den Straßen.
Nicht so wie in Österreich oder in Deutschland Bluejeans-Uniformierte oder gar braun, grau, schwarz

verhängte Weiblein, denen der Pulli bis zu den Kniekehlen hinunterhängt. Die britischen Männer groß und schlank, in guten Anzügen, meist in blauen Mänteln, die Frauen und Mädel bunt, in grüner, roter oder kamelfarbener Kleidung. Fröhlich, das alles, ungezwungen, auf dem Haupt ein schickes Strohhütchen mit buntem Band. So stelle ich mir Mode vor; und nicht trübe, vermieste Gesichter.
London, England – steif? Mitnichten. Darüber hinaus ein lebendiges Kulturleben, prachtvolle Ausstellungen in der Royal Academy – leider schlecht beleuchtet und sehr hohe Eintrittspreise, dennoch überlaufen … Viele, viele Theater, die sich nicht lebendig nennen, sondern lebendig sind. Konzerte und Ballette zum Niederknien. Und all das ohne Worttiraden und Geschwafel, ohne sich in Szene zu setzen und gescheit zu tun. Und – alles glänzend besucht.
Ich habe nach dem Zweiten Weltkrieg ein halbes Jahr lang in englischer Kriegsgefangenschaft verbracht. Es war nicht lustig damals, 1945, aber man war stets fair. Ich habe in diesen Monaten die Sportsmen schätzen gelernt. Schön, dass meine Besuche im Lande des Union Jack meine kontinuierlich gute Meinung immer wieder bestätigen.
Very british, very fair, sehr angenehm.
Thank you, and my compliments …

* * *

Ist Clinton ein anderer Roosevelt? Wahrscheinlich hätte ich diese Frage auch ohne Feldforschung klären können. Aber da ich nun schon einmal in den Vereinigten Staaten von Amerika war …

Abenteuer L. A.

Der Flug von New York nach Los Angeles war abenteuerlich, es war wie einst in unseligen DDR-Zeiten, als Interflug noch ihr Unwesen trieb. Ein enger, alter Aeroplan, mit dem ich sechs Stunden lang unterwegs war – eine Wurstsemmel und ein paar Chips im Ticket inbegriffen. Die flugbegleitenden Mamis der Betreuungsbrigade begroßmuttern die Passagiere mürrisch und graugesichtig.

Dann endlich Los Angeles. Schulfreund Erich aus urgymnasialen Wiener Zeiten erwartet mich auf dem Airport, mit neuem japanischen Wagen und altvertrautem Gesicht. Die Welt wird wieder schön. Umarmung, Erleichterung. Haben wir es doch noch einmal geschafft, einander wieder zu sehen.

Gleich zu ihm nach Hause – „Anny is waiting“: Kaffee gibt es, Gugelhupf mit Sahne; klar, sie ist in Berlin geboren.

Ich habe heute viel Zeit, mein Vortrag in der Austria-California-Association findet erst morgen statt.

Kalifornien im Mai, angenehm kühl, zwanzig Grad Celsius, sonnig. Nach eineinhalb Stunden sind wir am Meer. Die Gegend ist eine Mischung von Côte d'Azur und der Strecke Tel Aviv-Haifa. Wer kennt sich da aus? Im gepflegten Rasen kauern Obdachlose in kalifornischer Sonne. Hollywood ist out, Burbank ist der neue Sitz der Studios.

Die Läden der Riesenstadt – 17 Millionen Einwohner – sind täglich geöffnet. Überstunden für die Angestellten gibt es nicht. In den vierundzwanzig Stunden lang geöffneten Geschäften arbeitet man in drei Schichten. Die Nachtstunden ziehen sich wie durchgekauter Chewinggum. Die Glocken der Kir-

che sind mehr Marter- als „Gott ruft dich“-Instrumente.
Ich will das Armenviertel sehen. „Nein, lieber nicht“, höre ich, „dort schießen sie herum.“ Am nächsten Tag schaffe ich es doch. Alma, die Dominikanerin aus Wien, fährt mich in ihrem Auto hin: Fenster zu, aber doch. Chinatown, Schmonzes comme d'habitude und ein Denkmal Sun Yat-sens, eines bedeutenden chinesischen Politikers Anfang des zwanzigsten Jahrhunderts. Mexikanerviertel …
Kultur? Why not! Placido Domingo singt in Verdis „Othello“; er dirigiert hier auch hin und wieder. Der Startenor hat allein in L. A. drei Wohnungen. Nicht eine ist anzubringen, die Krise leert die Häuser. Leasing heißt die neue Devise.
„Wascht ihr in Wien eure Autos immer noch mit eurem kostbaren Hochquellenwasser?“
„Warst du schon im Wiesenthal-Center – der Kerl bei euch, wie heißt er nur? So ein Le-Pen-Typ, nur jünger, war dort.“ Der blaue Häuptling ist zur Zeit im Land; weiß Gott, was er da treibt. Wird sich vielleicht wieder trainieren lassen. Wurscht.
Shopping. Alles billig, wenig Ramsch. Der Dollar steht schlecht, der Schilling ist zu hart. Ich hab keinen Schuhlöffel, plag mich in meine Botten hinein, kaufe neue, ganz gute, um kaum sechzig Dollar.
Unruhiger Schlaf, übermüdet und – nein, diesmal ist es die Schulter. Im „Blauen Dach“ ein himmlisches US-Frühstück: Eier, Speck, Pancake, Erdäpfel, frisch gepresster Orangensaft, gebutterter Toast: all in all only six Dollars! Satt.
Bruchbuden neben Sechzig-Stock-Hochhäusern, eine Bank neben der anderen. Bescheiden in Weiß getüncht, die Lee-Strasberg-Theaterschule, Ziel der

nicht ganz so Begabten, also all jener, die Gurus brauchen, um sich irgendwo anhalten zu können.
Gewerkschaftshaus – geschlossen, ausgespielt, ausgetrickst von der Arbeitslosigkeit. Ein Chemie-Ingenieur aus der ehemaligen Rüstungsindustrie ist froh, für fünf Dollar fünfzig die Stunde als Verkäufer arbeiten zu dürfen. Rechnet ohne Computer, nur so, zum Gedächtnistraining.
Abends im Goethe-Institut mein Vortrag: *Tausend Jahre Österreich – tausend Jahre Humor.* Gut vorbereitet, gut besucht, gutes Gefühl. Anwesend der österreichische und der deutsche Generalkonsul, viele Alt- und Jungösterreicher. Man hält zusammen, wenigstens im Ausland.
In einer Buchhandlung erstehe ich einen Reiseführer, Austria. Blättere: finde die Moulin Rouge, ihren Landlord Schimanko. Das Café Hawelka, ein Bild von Kollege Ludwig Hirsch. Lese: „Das Burgtheater: einst traditionsreichste Bühne im deutschen Sprachraum. In jüngster Zeit modernisiert. Der neue Direktor hat mit strengem deutschen Besen ausgekehrt.“ Dass damit auch das typisch Österreichische ausgekehrt wurde, wird verschwiegen.
„Where do you come from? Oh, Austria, I know, a small country with Salzburg as capital …“
Bitt schön, ich weiß ja auch nicht, wie die Hauptstadt von Utah heißt. Ganz gut, dass wir da versuchen, Österreich ein bisschen zu erklären, zu verbreiten, dass Österreich nicht nur die Waldheimat ist. Diesbezüglich haben die Amerikaner übrigens ein ausgezeichnetes Gedächtnis.
Sechs Stunden Flug, dann wieder New York. Ein Kontinent ist überquert. Nun nur noch eineinhalb Flugstunden nach Washington DC. Unsere Botschaft,

Atrium, Vortrag. Vor Bill Clintons Weißem Haus lagern immer noch Wohnungslose. Ob ich ihn zu sehen bekomme, den Präsidenten? Die Obdachlosen mögen ihn sehr, aber er kann nichts für sie tun. Das hätte er wissen müssen, als er Präsident eines so streng kapitalistischen Staates wurde. Und Roosevelt ist er halt keiner. Die wachsen hier ebenso wenig auf den Bäumen wie in meiner Heimat die Kreiskys. Vielleicht ist das der Jammer der Welt.

* * *

Heimat, das ist jenes Grätzel, in dem man geboren und aufgewachsen ist. Heimat, das ist der Ort, an dem man im seelischen Gleichgewicht zu Hause ist. Heimat, das ist eine überschaubare Region mit gemeinsamem historischen Hintergrund.
Meine Heimat ist mit dem tausendjährigen Österreich ident. Selbstverständlich mitgedacht sind da auch Ungarn und Böhmen, Kroatien und Galizien. Doch ein kleiner Flecken ist – obwohl längst nicht mehr austromonarchischer Kriegshafen – ein besonderes Stück Heimat: Triest und sein Umland.

Sommererinnerung

Es war so nicht geplant, aber es wurde zu einer behutsamen Reise in das alte Österreich. In Mission habe ich Norditalien besucht und bin in Görz und Gradisca, im Friaul und bei den Langobarden gelandet. Seltsam, es lässt uns nicht los, dieses alte Reich, in dessen Rest wir als Republikaner leben. In der Republik, in der ein Jungmonarchist aus dem ehemaligen Herrscherhaus für eine Partei kandidierte,

die sich ohne Einschränkung zur republikanischen Staatsform bekennt. Warum nicht?
Nicht nur in den USA, auch bei uns wird das Unmögliche möglich – bei uns, wo ein jüdischer Intellektueller für einen Parteiführer in die Wahlschlacht zieht, der als sehr rechts und ausländerfeindlich gilt. Kein später Otto Weininger, nein, mag sein: ein Nachkomme jener deutschen Naumann-Juden, die versucht haben, mit Herrn Hitlers Partei Kontakt zu halten, und die dem maulstarken Verführer manche, aber nicht jede Gemeinheit zugetraut hätten.
Im sehr österreichisch wirkenden Triest, das die Slowenen zu gerne gehabt und Trst genannt hätten, lege ich (kopfschüttelnd) die Wiener Zeitungen auf den Kaffeehaustisch und denke, der Thonetsessel unter mir bricht zusammen wie die Welt um mich herum. Wahrheit wird ad absurdum geführt, Absurdes wird wahr. Franz Tassié, der Schriftsteller, Dramaturg, Freund, sagte einst: „Dieses Volk hat sich so lange g'schamt, bis es ausg'schamt worden ist." Er meinte das deutsche. Von unserem ist leider nichts Gegenteiliges zu berichten.
Wen wundert es, wenn unsereiner in die Vergangenheit flüchtet? Nach Miramare, zum armen, leichtgläubigen Erzherzog Maximilian, den sie als Kaiser von Mexiko von den Vasallen des Juárez García füsilieren haben lassen; nach Miramare, zur wahnsinnig gewordenen Charlotte; nach Grado, wo alles anders geworden ist, aber der Kenner noch manches Stück Kindererinnerung findet. Dieses Grado ist heute fester denn je in unserer Hand. „Guten Morgen, ciao, zahlen Sie in Schilling oder gar in Lire?" Autos aus Salzburg und Graz dominieren den Kreisverkehr, die Intelligenzblätter aus Wien verkaufen sich ebenso

gut wie die frischen Panini in der Pasticceria, Gösser-Bier macht Moretti-Bräu Konkurrenz. Die Spaghetti und der Käse aus dem nahe gelegenen Spilimbergo sind konkurrenzlos gut.

Francesco Giuseppe I. hier, le Asburgi dort. Geschäft, natürlich, aber auch ein bisschen Nostalgie, die sich italienisch, deutsch und friaulisch ausdrückt. In Udine ist vieles in friaulischer Sprache angeschrieben, zweisprachig also, und ich habe kein einziges beschmiertes Zwei-Sprachen-Straßenschild gesehen. Dabei sind die Leute auch nicht gescheiter als bei uns, nur nicht so aufgehetzt – und schon länger „Europäer".

Aquileia: Jahrhunderte sichtbar gemacht in einer einzigen Basilika. Von den Ungarn (!) zerstört, später wieder aufgebaut, Mosaike, Jahrhunderte unter Sand konserviert, heute eine Sensation in colore.

Das langobardische Cividale – ein Juwel –, und von hier nur ein paar Kilometer zur slowenischen Grenze. Weinkulturen, Grappa-Standeln, Prosciutto crudo.

Wenige Tage Zeit – kurz, aber lang genug, um Nachdenk-Munition zu sammeln. Nachdenken muss man über das Gesehene, über Land und Menschen und über unsere eigene Identität, die hier oft deutlicher zutage tritt als bei uns zu Hause. Jede alte Villa eine Insel der nahen Vergangenheit in einer mechanisierten Welt.

Man sollte diese Inseln pflegen, bewahren und lieben. Jene Inseln in Norditalien, dem ehemals österreichischen, wo die Suppe in silbernen Suppenschalen serviert und erst vor dem Gast in Teller geleert wird, wo die Eisbecher aus Altsilber sind und der Eisschmierer Panciera heißt, so wie sein Großvater, der in der Wiener Westbahnstraße „erzeugte". Dort hat der kleine Fritzl mit dem Walter und dem Erich – die sie nachher vertrieben haben – für zehn Groschen an einem einzigen Stanitzel geschleckt. So einvernehmlich, wie wir in Grado im Sand gespielt, Burgen gebaut und Muscheln gesucht haben. Heute sucht der alte Fritz Muliar die Vergangenheit, und er hat sie gefunden. Unglaublich. Grazie.

* * *

Ich bin geborener Wiener. Das allein kann nicht Grund genug sein, diese Stadt zu lieben. Denn Heimat wird nicht angeboren, man hat sie sich zu erarbeiten: bisweilen auch erduldend, erleidend, manchmal voller Angst. Wien hat heute keine wesentlich anderen Probleme als andere europäische Städte. Doch wie sie ist auch die Donaumetropole Klischees, Vorurteilen, Verleumdungen, Kitsch-Geschäftemachern und Managern jeder Art ausgeliefert. Sie ist weder die Stadt der Lieder noch Ursprung aller Gemütlichkeit, hier haben weder Lebenslust noch Lebensängste Anwesenheitspflicht. Wien ist auch nicht anders (als was?).
Was Wien wirklich ist, weiß nur der, der hier lebt und liebt. Hier zu sterben ist dazu nicht erforderlich.

Wien ist anders. Als was?

Natürlich weiß ich, dass es in Graz, in Salzburg und auch in Innsbruck, besonders aber in Klagenfurt, um von Bregenz gar nicht zu reden, gewisse Kreise gibt, die Wien und die Wiener wenig mögen. Manchmal sogar mit gutem Recht.

Solche Leute beziehen sich in aller Regel allerdings auf „die da oben“. Die „Weana“ im Allgemeinen, Wien als Hauptstadt, die bleiben unangefochten, und alle, die wirklich österreichisch oder österreich-objektiv zu denken vermögen, kritisieren nicht stupide, sondern sind stolz auf diese angesehene Metropole. Mit allen möglichen Vorbehalten.

Wien ist besonders im Spätfrühling ein Traum. Wer zu dieser Zeit am Vormittag über die Ringstraße fährt – unter hellgrün leuchtenden Bäumen –, der wird wissen, was ich meine. Alles glänzt, leuchtet, schimmert. Fliederbüsche und Rasenflächen, dazwischen die roten, bimmelnden Straßenbahnen – es ist eine Lust, eine Augenweide, ein Erlebnis. Mein Wien, denke ich mir immer, und vergleiche nicht. Weder mit Paris noch mit Rom oder London. Ich genieße es, mein Wien. Da zeigt der Steffel wie ein Finger Gottes nach oben, da duften im Stadtpark, im Volks- und im Burggarten die Blüten, da wehen die Fahnen der Republik vor dem Parlament, auf dem Dach der Hofburg und auf dem des Kanzleramts. Die Uni, die Reste der Bastei im Schutz des Rathauses – und so weiter, hoffentlich lange noch …

„Und die Vorstädte?“, hör ich sagen. Auch nicht übel. Anders jedenfalls als in anderen Groß- und Hauptstädten. Der bürgerliche Bezirk Neubau, die Josefstadt (die mehr ist als ihr Theater), Währing, Hietzing, Neustift am Walde, Sievering und Nußdorf. Das stolze Ottakring, Hernals – mein Gott, eines schöner als das andere, eigenwillig und traditionseingebunden. Das imperiale Wien und das rote Wien, sie sind zusammengewachsen, wurden zu einem Volk, nur durch diese Mischung bunter und lebendiger geworden.

Wie in den Zeiten des Kaiserreiches werden hierzulande wieder verschiedene Sprachen gesprochen, Deutsch, Kroatisch, Bosnisch wie einst – Türkisch und Arabisch sind neu dazugekommen. Manche finden das bedrohlich. Ich meine, es ist gut so. Man lernt sich und einander kennen, man spornt sich und einander an. Tschechische Ziegelarbeiter haben einst die Bausteine für die Ringstraßenbauten geschaffen, arabische Menschen, Inder und Afrikaner vertreiben heute die Abendausgaben der sonst gar nicht so fremdenfreundlichen Zeitungen.
Noch gibt es die großen Kolonien der Italiener (geistliches Zentrum: die Minoritenkirche), der Griechen (in der Nähe der alten Griechengasse), der Polen (am Rennweg im dritten Bezirk), aber die Vielfalt ist anders geworden. Die Leopoldstadt (Île de Mazzoth) ist nicht mehr so fröhlich, es gibt heute zu wenig „Fiddler" auf den „roofs".
Aber die Stadt blüht, lebt und sprüht. Große Theaterabende sind zu sehen – die Josefstadt lebt vielleicht in dem Maße besonders auf, wie ein Bochumer Gast sie totzureden versucht hat. Der tschechische Chefkoch im Sacher heißt zwar Jaroslav, aber Müller mit Nachnamen, der deutschnationale Burschenschafter und FPÖ-Anführer in Wien hieß Pawkowicz. Sagt das nicht alles? Wien ist wirklich anders, zumindest ein bissel.
Aber, darüber hinaus sehr tröstlich: Österreich ist überall. Draußen, am Ende des Hamburger Hafens, in Övelgönne, da gibt es ein gutes Wirtshaus, „Altes Lotsenhaus" heißt es, oder so. Vor dem Eingang weht eine rot-weiß-rote Fahne. Also, ich nix wie hinein. „Haben Sie Wiener Wochen, mit Apfelstrudel oder so?" „Nein", lacht der Wirt breit. „Wir sind

Österreicher und stolz darauf. Wir meinen, das soll jeder wissen und sehen.“ Ich war gerührt und habe meine Kutterscholle und die rote Grütze doppelt genossen. Es war ja eher eine rot-weiß-rote Grütze, einfach köstlich, mit süßem Rahm und einem zarten Glockenläuten im Herzen. Österreicher, wohin man schaut …

Strich drunter, wieder einmal eine Zwischenbilanz

„Was ist Glück?“, fragt Sir John Falstaff in William Shakespeares „Heinrich IV.“ sich selbst. „Ein leerer Hauch“, antwortet er resigniert. Glück war für mich mein Leben lang vor allem: frei, ohne Angst und gesund zu sein. Hoffnung zu haben.
Und der Himmel ist: geliebt zu werden, lieben zu dürfen. Dazu fällt mir ein altes Wort ein: „Man liebt nicht das, was schön ist. Was man liebt, ist schön.“
Ich wünsche mir, dass der große Weichensteller da droben mir noch ein paar Jährchen gibt – mit viel Liebe, ohne Krankheit, ohne Schmerzen, ohne Operationen, in Frieden und in der mir seit vielen Jahren gewohnten Bequemlichkeit. Bequemlichkeit, das heißt für mich, in ein Taxi einzusteigen ohne die Angst, nicht genug Geld für den Fahrpreis zu haben. Bequemlichkeit, das ist auch, sich ohne Rückfrage an sich selbst täglich drei Zeitungen kaufen zu können.
Und Enttäuschungen, ja, auch die hat man in einem langen Leben. Ich denke jetzt an jene politische Gesinnungsgemeinschaft, der ich angehöre, an die Sozialdemokraten. Mir tut es weh, wenn sie, wie etwa

die katholische Kirche auch, historisch gewachsene Grundsätze aufgeben und wenn Charakter- und Farblosigkeit dominant werden. Wenn in der Politik rechts so weit nach links und links so weit nach rechts rutscht, dann bleibt nur noch die Verschmelzung und die vage Definition der jeweils rechten und linken Ränder.
Aber so weit sind wir noch nicht: Die Sozialdemokraten haben es nicht nötig, Trittbrettfahrer zu sein. Das war unter Bruno Kreisky ebenso wenig denkbar wie unter Vranitzky. Und das sollte es auch in Zukunft nicht geben dürfen. Leider kommen die wirklich Großen in der Politik beim Volk nicht an, die Hemdsärmeligen mit kleinen Inhalten haben es da um vieles leichter.
Kreisky hat ab und zu meine persönliche Meinung eingeholt: „Was hältst du davon?"
Auch Vranitzky war – mit Ausnahme der Frage des damaligen Burgtheater-Chefs – ein höflicher Gesprächspartner.
Viktor Klima hat mich (bisher) noch nicht gefragt. Er wird wissen, warum. Ich ahne es.
Ich mag in der Politik die Aufrechten, auch wenn ich ihre Inhalte oft nicht teilen kann: Ich schätze den ehemaligem Außenminister Alois Mock, ich halte sehr viel vom gescheiten Erhard Busek und wundere mich über eine ÖVP, die auf solch einen wichtigen Mann verzichten kann. Ist sie wirklich selbst so stark? Ich mag auch den „schwarzen" Vizekanzler Wolfgang Schüssel, obwohl ich weiß, dass er beim „Fußvolk" seine Probleme hat. Ja, ich bin sogar ein Freund der großen Koalition, weil nur von dort aus breiter Konsens entstehen kann.
Ein bisschen problematisch für mich sind allerdings

vor allem jene jüngeren Politiker, die es nicht schaffen, den Alten den ihnen zustehenden Respekt entgegenzubringen.

* * *

Wenn ich jetzt, nach Vollendung von acht Jahrzehnten auf dieser Erde, zurückdenke, fallen mir nicht zuerst die schrecklichen, die fordernden, die unfreien Zeiten ein. Ich denke zuerst und vor allem dankbar an Menschen, die mir nahe und wichtig waren.
Erster zentraler Lebensmensch war für mich meine Mutter. Sie hat mich nicht nur geboren, sie hat behutsam bisweilen, und manchmal auch direkt, mein Leben zu meinem Besten mitgestaltet. Ohne ihre liebevolle Führung und ihre Sensibilität hätte aus mir nicht werden können, was ich letztlich werden wollte und geworden bin.
Mit meiner Frau Franziska – die als Franziska Kalmar ihren eigenen schönen Weg im Fernsehen gegangen ist – verbinden mich mehr als nur viele gemeinsame Jahrzehnte. Sie stand mir stets dann zur Seite, wenn ich ohne sie allein gewesen wäre. Und dass sie mir unsere Buben Alexander und Martin „geschenkt" hat, das war eines der Wunder, für das ich ihr bis zuletzt dankbar bleibe.
Als ich einst Franziska kennen lernte, war ich in einer persönlich schwierigen Phase, war kurz vorher von meiner ersten Frau geschieden worden und versuchte, meinen Kummer in Alkohol zu ertränken. Ich habe damals in der Moulin Rouge, einem Wiener Nachtkabarett, den Conférencier gemacht und war eben – unter der Direktion Leon Epps – von Gustav Manker an das Wiener Volkstheater engagiert worden. Franziska zog mich mit viel Kraft und Liebe aus

meinem Tief heraus und ermöglichte damit meine Zukunft. Sie war und bleibt mir stets eine wunderbare Begleiterin und sie hatte Verständnis für mich auch unter Umständen, wo man es hätte gar nicht mehr verlangen dürfen.
Merci, Françoise!
Mein Sohn Hans, für dessen Dasein ich meiner ersten Frau trotz allem, was uns dann getrennt hat, danke, war nicht nur mein Sohn, sondern darüber hinaus auch mein Freund, mein Bruder: Er war kaum vierzig, als er den Kampf gegen seine unheilbare Krankheit verlor. Ich spreche mit ihm auch heute noch über alles, was mir wichtig ist. Hansi bleibt stets um mich, ja er ist mir nach seinem Gang hinüber noch wichtiger geworden.
Thema Nummer eins ist mir stets alles gewesen, was mit meiner Familie zu tun hatte. Dass ich die Enkelkinder liebe, ist so selbstverständlich wie die Tatsache, dass ich bereit bin, für sie alles zu tun, was in meinen Kräften liegt: für dich, Timo, für dich, Pamela, und natürlich auch für dich, Markus.
Es versteht sich, dass mir viele Kollegen vom Theater ans Herz gewachsen sind, die ich hier nicht alle namentlich nennen kann, denen ich aber meine Freundschaft, meine Sympathie, meine Hochachtung, ja auch meine Verehrung auf anderen Wegen habe zukommen lassen. Stellvertretend für alle hier ein paar Namen: Michael Janisch, Kurt Heintl, Franz Morak, Robert Jungbluth und Ossy Kolmann.
Wichtiger muliarscher Zwischenruf: Beim Kabarett-Professor Karl Farkas sowie bei den großen Regisseuren Gustav Manker und Leopold Lindtberg habe ich so viel gelernt, dass ich daraus mein eigenes Theaterleben gestalten konnte. Jeder von ihnen war

– auf verschiedenen Wegen – für mein Wirken bestimmend.
Dankbar bleibe ich auch dem „Trio sensationel" Robert Jungbluth, Otto Schenk und Helmut Lohner; sie sind lebenslange Freunde und sie haben mir als Regisseur in den Kammerspielen stets jene freie Hand gelassen, die es mir erlaubt hat, für die in meinen Stücken spielenden Schauspieler, für mich selbst, aber auch für euch drei Freunde Erfolg zu haben.
Nicht namentlich, doch in meinem Herzen zähle ich zu Lebensmenschen all jene, mit denen ich über Jahre und Jahrzehnte brüderlich verbunden bin und mit denen mich die Sehnsucht nach Toleranz, Solidarität und Liberalität eint.
Zu den wesentlichen Begegnungen in meinem Leben zähle ich auch seltene, ja einmalige Menschen, die mir „trotzdem" treu geblieben sind. Ein Dankeschön ist da viel zu wenig, aber … No ja.
Nein, ich will nicht wieder geboren werden, trotz aller Freude und aller Erfolge, die ich erleben durfte. Nein. Zu viel war da, das ich nicht wieder erleben will und – wieder geboren – vielleicht wieder erleben müsste. Hass, Diktatur, Qual, Folter, Not. Nein. Meinen Ältesten hat mir das Schicksal genommen, weit vor der Zeit. Jahre meines Lebens, meiner persönlichen Freiheit hat man mir gestohlen. Man hat mich Angst haben gelehrt, und Furcht. Warum also das alles noch einmal?
Dennoch: Ich will nicht undankbar sein. Ich habe Menschen um mich, die ich wirklich liebe. Ich habe den für mich schönsten Beruf. Und ich habe mein Publikum, dem ich dankbar bin.
Aber – warum kann ich die Angst nicht loswerden?

Weil der Kampf gegen Unmenschlichkeit, Hass und Gleichgültigkeit verloren ist. Weil große Teile unseres Volks zugunsten eines vollen Bauches auf ihr Gehirn keinen Wert mehr legen. Andere denken für sie. Aber welche? Auch die machen mir Angst. Ich halte es also mit Tristram Shandy, dem ein Kind in der Windel, ein Kutscher auf seinem Bock und ein Narr mit der Schellenkappe lieber sind als alle Generäle und Soldaten der Welt zusammen.

Fritz Muliar – zum Nachblättern

Ich habe zeitlebens keine Zeit gehabt, über alles, was ich in den vergangenen fast 65 Theaterjahren gespielt und inszeniert habe, Buch zu führen. Hier mein Wissensstand, den Rest erbitte ich später einmal vom Theaterwissenschaftlichen Institut der Universität zusammensuchen zu lassen.

1919, 12. Dez.	geboren in Wien-Neubau	
ab 1929	Gymnasium R VII, RG VIII. Konservatorium der Stadt Wien	
ab 1937	Erstes Engagement an Stella Kadmons Kleinkunstbühne „Der liebe Augustin“	Kabarettist (für alles, was andere nicht spielen wollten)
1939	Tiroler Landestheater Innsbruck	Schauspieler, Operettenbuffo
1939 bis 15. Aug. 1940	1. Engagement im Wiener Simpl 2. Engagement im Wiener Simpl	Kabarettist
1940 bis 1945	Militärdienst bei der deutschen Wehrmacht, Soldat an der West-, Ost- und Südfront 1942 Kriegsgerichtsprozess nach § 5, Zersetzung der Wehrkraft, Strafbataillon	1945: Unteroffizier, EK II, Erdkampfabzeichen, Verwundetenabzeichen, schwarz

1945, Mai bis Nov.	Englische Kriegsgefangenschaft in Italien	
1945 bis 1948	Engagement in Graz, Zeittheater Der Igel, Steirisches Landestheater, Graz	*Rollen* im Landestheater: u. a. Nestroy, „Der böse Geist Lumpazivagabundus“, Zwirn *Erste Regiearbeit:* Tagore, „Postamt“
ab 1948	Engagement Raimundtheater, Wien (gemeinsam mit Johannes Heesters, Marika Rökk, Max Brod, Elfriede Ott, Fritz Imhoff und Erwin v. Groß)	*Rollen:* In „Tanz mit dem Kaiser“ (Partner: Marika Rökk, Wolf Albach-Retty) In Ralph Benatzkys „Im weißen Rössl“, Sigismund (Partnerin: Elfriede Ott) Lehár, „Die lustige Witwe“, Njegus (Partner: Heesters) „Gruß und Kuss aus der Wachau“ (Partner: Fritz Imhoff)
ab 1950	Engagement im Wiener Simpl, Karl Farkas Ab dieser Zeit zahlreiche Film-, später auch Fernsehrollen	Partner: Heinz Conrads, Maxi Böhm, Cissy Kraner, Ossy Kolmann, Ernst Waldbrunn
ab 1955 bis jetzt	Mitwirkung in weit über hundert Kino- und Fernsehfilmen	Eine kleine Auswahl der Kino- und TV-Filme Fritz Muliars siehe unten
1957 bis 1964	Engagement am Wiener Volkstheater, Direktion Leon Epp; später Gustav Manker	*Rollen und Regiearbeiten* siehe unten
1964 bis 1974	Engagement am Wiener Theater in der Josefstadt	*Rollen und Regiearbeiten* siehe unten
1969 bis 1993	Theatertourneen mit Konzertdirektion Landgraf (mit Danny Sigel, Michael Janisch)	*Rollen:* Werfel, „Jacobowsky und der Oberst“, Jacobowsky (Oberst: Ernst Meister) João Bethencourt, „Der Tag, an dem der Papst gekidnappt wurde“, Rolle: Leibowitz. Partner: Wolfgang Spier Johann Nestroy, „Frühere Verhältnisse“ Arkadij Awertschenko, „Der Selbstmörder“

ab 1973 bis dato	Salzburger Festspiele	Hofmannsthal, „Jedermann“, Dicker Vetter, Armer Nachbar Nestroy, „Der Zerrissene“, Krautkopf (mit Helmut Lohner und Otto Schenk)
ab 1973	Bregenzer Festspiele	Seebühne: Johann Strauß, „Fledermaus“, Frosch Robert Stolz, „Servus, servus“, mit Erich Kunz, Dagmar Koller Kornmarkttheater: Ferdinand Raimund, „Der Verschwender“, Herr von Wolf (mit Sonja Sutter, Walter Reyer, Hans Obonya)
1968	Theater an der Wien, Direktion Rolf Kutschera	„Der Mann von la Mancha“, Sancho Pansa (Partner: Josef Meinrad)
1979	Festspiele Heppenheim, Direktion Hans Richter	Heinrich von Kleist, „Der zerbrochene Krug“, Adam
1974 bis 1995	Engagement am Wiener Burgtheater Ab 1984 offiziell in Pension, aber Muliar spielt unvermindert weiter.	*Rollen und Regiearbeiten* siehe unten
ab 1975	Lesungen im Auftrag des Außenministeriums der Republik Österreich in Österreichischen Kulturinstituten	London, Paris, Stockholm, Kopenhagen, Warschau, New York, Washington DC, Los Angeles usw.
ab 1976	Wiener Kammeroper, Direktion Hans Gabor	Zahlreiche Regiearbeiten u. a. „Lohengelb“, „Die lustigen Nibelungen“, „Der Barbier von Sievering“, „Othellerl, der Mohr von Wien“, „Wiener Blut“
ab ca. 1970	Über 300 Soloabende in Österreich, Deutschland, Schweiz, Israel, Schweden, USA	„Heiteres und Schärferes aus dem alten und dem neuen Österreich“ „Wenn die Jidden lachen“ „Damit ich nicht vergess, Ihnen zu erzählen“ „Kaffeehausliteratur“

ab 1984	Landestheater Salzburg, Direktion Lutz Hochstrate	*Regiearbeiten:* Johann Strauß, „Wiener Blut" Karl Schönherr, „Es" mit P. Pikl Ephraim Kishon, „Der Trauschein" mit Michael Dangl Nestroy, „Die schlimmen Buben in der Schule", Collage Arbeit als Schauspieler: Nestroy, „Der böse Geist Lumpazivagabundus", Knieriem Werfel, „Jacobowsky und der Oberst", Jacobowsky Turrini, „Josef und Maria", Josef (Partnerin: Julia Gschnitzer)
ab 1990	Theater Akzent, Wien, Direktion Dr. Alfred Schleppnik	Rund 40 Soloabende: „Heiteres und Schärferes" „Von Schwarz-Gelb bis Rot-Weiß-Rot" „Wiener Kaffeehausliteratur"
ab 1990	Wiener Staatsoper, Direktion Ioan Holender	Johann Strauß, „Fledermaus", Frosch Lehár, „Die lustige Witwe", Njegus Prawy-Matinee: Richard Wagner, „Die Meistersinger von Nürnberg", Beckmesser Prawy-Matinee, Lehár, „Die lustige Witwe", Njegus

Rollen am Wiener Volkstheater

Spielzeit	*Autor*	*Titel des Stücks*	*Rolle*
1957/1958	Johann Nestroy	Lumpazivagabundus	Knieriem
1958/1959	Ludwig Anzengruber	Die Kreuzelschreiber	Steinklopferhanns
	Achard	Mein Busenfreund	Rollo
1959/1960	Adolf Bäuerle	Der Fiaker als Marquis	Florian
	Ludwig Anzengruber	Der Fleck auf der Ehr	Hubmayer
1960/1961	Johann Nestroy	Mann, Frau, Kind	Herr von Dappschädl

1961/1962	Curth Flatow/Pillau	Das Fenster zum Flur	Karl Wiesner
	Davis	Das Protektionskind	Bormann
	William Shakespeare	Viel Lärm um nichts	Holzapfel
1962/1963	Johann Nestroy	Eine Wohnung zu vermieten	Herr von Gundelhuber
	Jean Anouilh	Mademoiselle Moliere	Du Parc
	Scarpetta	Glanz und Elend in Neapel	Felice
1963/1964	William Shakespeare	Troilus und Cressida	Pandarus
	Rolf Hochhut	Der Stellvertreter	Prof. Hirth
	Parent	Gilda ruft Mae West	Präsident
	Frank Wedekind	König Nicolo	Erster Theaterbesitzer
	Bert Brecht	Der kaukasische Kreidekreis	Azdak
	Aymé	Die Mondvögel	Chabert
1986/1987	Bert Brecht	Herr Puntila und sein Knecht Matti	Puntila

Regie am Volkstheater

1979/1980	Feydeau	Der Floh im Ohr
1987/1988	Davis	Das Protektionskind

Soloabende am Volkstheater

9. Dezember 1984	Keine Zeit zum Feiern
24. Januar 1987	Liebesbriefe an Österreich
23. April 1989	Von Schwejk bis Kipfler

Volkstheater in den Außenbezirken

Spielzeit	*Autor*	*Titel des Stücks*	*Rolle*
1958/1959	Lichtenberg	Sträfling Nr. 501	Dominique Malcru
1960/1961	Anderson	Menschen wie du und ich	Herr Halevy
	Wittlinger	Kennen Sie die Milchstraße? (mit Kurt Sowinetz)	Ein Arzt
1961/1962	John Priestley	Ein Inspektor kommt	Inspektor Coole Millar
1962/1963	Brocke/Bannermann	Drei leichte Fälle	Humphrey
	Johann Nestroy	Tritschtratsch Häuptling Abendwind (mit Hilde Sochor)	Sebastian Tratschmiedl/ Abendwind
1963/1964	Anton Tschechow	Der Bär	Smirnow
		Der Heiratsantrag	Tschubokow
	Awertschenko	Der Selbstmörder	Beregew
1982/1983	Dario Fo	Der Dieb, der nicht zu Schaden kam	Regie

Rollen am Theater in der Josefstadt

Spielzeit	*Autor*	*Titel des Stücks*	*Rolle*
1964/1965	Schönthan	Der Raub der Sabinerinnen	Striese
	Hans Schubert	Gute Geschäfte	Alexander Stumpf
	Jean Anouilh	Ornifle	Machetu
	Aldo Nicolaj	Schwarz wie ein Kanarienvogel	Pietro Boni
1965/1966	Neil Simon	Ein seltsames Paar	Oscar Madison
	Friedrich Kallina	Die Fiakermilli	Johann Fürst
	Fritz Hochwälder	Der öffentliche Ankläger	Sanson
	Ödön von Horváth	Himmelwärts	Der Teufel
	Paddy Chayefsky	Der zehnte Mann	Alper

1966/1967	Marcel Pagnol	Das große ABC	Laurent Castel-Benac
	Jean Anouilh	Einladung ins Schloss	Messerschmann
	Michael Sayers	Drei Väter	Jaimey MacConigal
1967/1968	Martin Sperr	Landshuter Erzählungen	Robert Grötzinger
	Hans Weigel	Wohl dem, der lügt	Schwiegervater
1968/1969	Fritz Eckhardt	Bei Tag und bei Nacht	Franzi
	Jean Anouilh	Bäcker, Bäckerin und Bäckerjunge	Adolphe/Ludwig XVI.
1969/1970	Curth Flatow	Das Geld liegt auf der Bank	Rudolf Dietrich
	Marcel Aymé	Messerköpfe	Bordeur
1970/1971	Sean O'Casey	Purpurstaub	Cyril Poges
	Jean Anouilh	Die Goldfische	La Surette
	Ray Cooney	Jetzt nicht, Liebling	Max Baader
1971/1972	Franz Molnár	Spiel der Herzen	Doktor
	Christina Kövesi	Drei Zwillinge	Andreas
1972/1973	Johann Nestroy	Die beiden Nacht-wandler	Sebastian Faden
	Elie-Georges Berreby	Jona oder Der Affe des Propheten	Jona
	Franz Molnár	Olympia	Krehl
1973/1974	Georges Feydeau	Ein Klotz am Bein	De Fontanet
1974/1975	João Bethencourt	Der Tag, an dem der Papst gekidnappt wurde	Samuel Leibowitz
	Johann Nestroy	Zu ebener Erde und erster Stock	Johann
1975/1976	Ephraim Kishon	Es war die Lerche	Romeo, Ballettlehrer, Pater Lorenzo
1985/1986	Hans Holt	Der Herzspezialist	Regie
1986/1987	Curt Goetz	Dr. med. Hiob Prätorius	Regie
1994/1995	Richard Baer	Vermischte Gefühle	Hermann Löwy
1995/1996	Johann Nestroy	Liebesgeschichten und Heiratssachen	Marchese Vincelli

1996/1997	Richard Banks	Berge versetzen	Rudi Lemberger
1997/1998	Erich Ebermayer	Zwei ahnungslose Engel	Regie
	Schönthan	Der Raub der Sabinerinnen	Striese
	Ödön von Horváth	Glaube, Liebe, Hoffnung	Oberpräparator
1998/1999	Erich Kästner	Das lebenslängliche Kind	Moriz Springvogel
	Joffo Francis in der Bearbeitung von Fritz Muliar	Traumurlaub	Regie

Rollen am Wiener Burgtheater

Spielzeit	*Autor*	*Titel des Stücks*	*Rolle*
1974/1975	Bert Brecht	Mutter Courage	Koch
	Johann Nestroy	Der Zerrissene	Gluthammer
1975/1976	Franz Grillparzer	König Ottokars Glück und Ende	Paltram Vatzo
	Johann Nestroy	Liebesgeschichten und Heiratssachen	Florian Fett
1976/1977	Ferdinand Raimund	Der Verschwender	Wolf
	Johann Nestroy	Frühere Verhältnisse	Anton Muffl
1977/1978	Schwarz	Rotkäppchen	Wolf
	Brecht/Weill	Dreigroschenoper	Peachum
	Arthur Schnitzler	Das weite Land	Natter
1978/1979	Lenz	Der Hofmeister	Wenzeslaus
1979/1980	Ferdinand Raimund	Das Mädchen aus der Feenwelt	Bustorius
	J. B. Molière	Tartuffe	Loyal
1980/1981	Johann Nestroy	Einen Jux will er sich machen	Melchior
	William Shakespeare	Maß für Maß	Pompejus
	Shaffer	Amadeus	Orsini-Rosenberg
	Henrik Ibsen	Peer Gynt	Dr. Begriffenfeldt

1981/1982	William Shakespeare	Der Widerspenstigen Zähmung	Grumio
	Martin Sperr	Jagdszenen aus Niederbayern	Knocherl
1982/1983	Heiner Kipphardt	In der Sache Oppenheimer	Isadore Isaak Rabi
1983/1984	Johann Nestroy	Höllenangst (mit Franz Morak)	Pfriem
	Pohl	Das Alte Land	Kapo
	Dürrenmatt	Die Physiker	Richard Voß
1984/1985	Johann Nestroy	Heimliches Geld	Peter Dickkopf
1985/1986	William Shakespeare	Hamlet	Erster Spaßmacher
	Johann Nestroy	Lumpazivagabundus	Knieriem
1988/1989	Johann Nestroy	Der Schützling	Pappinger
1990/1991	Felix Mitterer	Sibirien	Der alte Mann
1991/1992	Dürrenmatt	Der Besuch der alten Dame (mit Annemarie Düringer)	Ill
1992/1993	Isaak Babel	Sonnenuntergang	Arje-Lejb
1993/1994	Ungar. Humoristen	Kein Spaß in Sachen Humor	Lesung
	Sonntagsspaziergang durch die neue Probebühne Arsenal	Jubiläumsmatinee	Das Burgtheater im Ronacher

Auslandsgastspiele

Theater	*Stück, Rolle*	*Ort*
Burgtheater	Bert Brecht, „Dreigroschenoper", Peachum	Japan
Burgtheater	Johann Nestroy, „Liebesgeschichten und Heiratssachen", Herr von Fett	Russland, Moskau, DDR/Ost-Berlin
Burgtheater	Felix Mitterer, „Sibirien", Der alte Mann	Schlossparktheater Berlin, Kammerspiele Hamburg

	Johann Strauß, „Die Fledermaus“, Frosch	Staatsoper Hamburg Regie: Hans Hollmann
	Johann Strauß, „Die Fledermaus“, Frosch	Bayerische Staatsoper Dirigent: Carlos Kleiber
	Johann Strauß, „Die Fledermaus“, Frosch	Oper Zürich Dirigent: Ralph Weiker

Film- und Fernsehrollen

Fritz Muliar hat in weit über hundert Filmen und Fernsehspielen mitgewirkt. Hier nur eine kleine Auswahl:

Kino	„Das Kind der Donau“, 1956	Mit Marika Rökk, Fred Liewehr usw.
Fernsehen	„Die Gigerln von Wien“	Mit Ernst Stankovski und Hilde Sochor
Fernsehen	„Der Fall Pinedus“	Mit Erik Frey
Fernsehen	Max Frisch, „Biedermann und die Brandstifter“	Mit Helmut Qualtinger und Kurt Sowinetz
Fernsehen	„Das Wunder von Verdun“	Mit Julius Patzak
Fernsehserie	Jaroslav Hašek, „Der brave Soldat Schwejk“	Gemeinschaftsproduktion ORF, ZDF und SRG
Fernsehen	„Fritz Muliar-Show“	
Fernsehserie	„Schlosshotel Orth“	Mit Elfriede Ott
Fernsehserie	„Kommissar Rex“	Mit Tobias Moretti
Fernsehen	„Ein Engel geht auf Reisen“	Mit Peter Weck und Otto Schenk
Fernsehen	„Karl der Gerechte“	Südwestfunk Baden-Baden
Fernsehen	Ludwig Thoma, „Moral“ (mit Susi Nicoletti)	Bayerisches Fernsehen

Fernsehen	Zahlreiche Gastauftritte bei Hans-Joachim Kulenkampff, Carolin Reiber, Harald Schmidt, Thomas Gottschalk usw.

Bücher von Fritz Muliar

„Streng indiskret"	1969
„Wenn Sie mich fragen"	1972
„Das Beste aus meiner Sammlung jüdischer Witze"	1974
„Damit ich nicht vergeß, Ihnen zu erzählen"	1976
„Reise nach Trips-Trill und zurück"	1978
„Österreich, wohin man schaut"	1982
„Liebesbriefe an Österreich"	1986
„Von A bis Z. Unaussprechliches ausgesprochen"	1989
„Das ist mein Kaffee"	1994
„War's wirklich so schlimm"	1994
„Strich drunter"	1996
„Das muss noch gesagt werden"	1999

Schallplatten/CDs (in Auswahl)

„Bochtes und Lozelachs" (Preiser Records)

„Die Briefe von Menachem Mendel" von Sholem Alejchem

„Wiener Lieder, einmal anders"

Ferner Schallplatten mit Texten von Roda Roda, Alfred Polgar, Friedrich Torberg, Hans Weigel

Jüdische Witze

Heiteres und Schärferes (Video)

Auszeichnungen und Ehrungen

Österreichische Befreiungsmedaille
Goldenes Ehrenzeichen der Stadt Wien
Österreichisches Ehrenkreuz für Wissenschaft und Kunst I. Klasse
Berufstitel Professor (1975)
Kainz-Medaille der Stadt Wien (für den Peachum in Brecht/Weills „Dreigroschenoper") (1978)
Nestroy-Ring der Stadt Wien (1984)
Kammerschauspieler (1985)
Goldenes Verdienstzeichen des Landes Steiermark (1985)
Goldenes Ehrenzeichen des Landes Salzburg (1989)
Ehrenmitglied des Burgtheaters (1995)
Ehrenmitglied des Theaters in der Josefstadt (1996)
Ehrenring der Stadt Großenzersdorf
Zu meinem 75. Geburtstag benannte Großenzersdorf eine Straße nach mir.

* * *

Seit vielen Jahren schreibe ich als Kolumnist für Zeitungen und Magazine, einst für die legendäre AZ (Arbeiter-Zeitung), später für die „Salzburger Nachrichten", für „Unsere Generation", für die „Mindener Nachrichten" und für „Die Furche". Serie: „Immer Wirbel um die Burg", 1997 (Kronen Zeitung). Abschnitte in diesem Buch beruhen zum Teil auf den in diesen Blättern erschienenen Artikeln.